彩绘注音版

让孩子受益终生的

小童话中的大启迪

总策划／邢涛
主　编／龚勋

RANG HAIZI
SHOUYI ZHONG SHENG DE
XIAO TONGHUA
ZHONG DE DA QIDI

U0727762

汕头大学出版社

一生的世界从小处开始！

孩子眼中的世界很大，大得让他们望不到边际；孩子眼中的世界很小，小得仿佛整个世界都在他们身边。他们对外界事物的认识和理解很直接，都是从一点一滴、一花一叶开始的。很多影响他们一生的重要观念与行为模式，往往源自一个很小、很早的故事，一句很小、很老的格言。然而不知从何时起，这一粒小小的种子就开始在他们心中生根发芽，从此再也难以拔除。他的一生中虽然还会读到很多书，认识数不清的人，但他仍将无数次回到那些小小的"老地方"。这些小小的"老朋友"可比许多伟人的丰功伟绩、大师的谆谆教诲更让他倍感亲切，以致终生难以忘怀。

这里面会有：几段小故事、几句小格言、几条小成语、几篇小童话……它们仿佛一套套魔法，统统装在一个记忆的"百宝囊"中，在你最需要帮助的时候忽然跳出来，帮你解决不知该怎样对付的难题，克服仿佛克服不了的困难。它们就是有这么神奇的力量，屡试不爽，让我们受益终生！

小中见大，平中见奇，大千世界的奥妙就隐藏在最不起眼的小地方。愿所有的孩子们通过这套"小"书获得有关人生的"大"智慧、有关世界的"大"知识！

世界儿童基金会 林真富

一套解决 "大" 问题的 "小" 书！

每个人都会面临许多问题，我们的一生都在不断解决问题。解决问题要靠好的方法。方法有很多来源，有的来自书本，有的来自生活实践，有的来自别人的体会……解决的问题多了，我们会发现，最管用的方法往往不是什么高深莫测的理论，而是一些看上去普通平常的办法。这套"让孩子受益终生的小大系列"丛书选取、整理了古今中外闪烁着智慧光芒的各类故事、寓言、童话、格言、探案、游戏等等，通过具体生动的形式，将隐藏在生活中的各种解决问题的好办法一一呈现给孩子，是献给孩子们的一套好礼物！

这套书为孩子们打开了一道道阿里巴巴的宝藏之门，在这些门的后面不仅有妙趣横生的故事，还有着人生道路上不可或缺的知识和智慧。孩子们通过阅读这套书，能够在故事中明白道理、在成语中获取智慧、在错误中看到发明、在格言中理解幸福、在游戏中增长学问、在侦探中学习科学、在童话中得到启迪、在寓言中领会哲理。

希望这套书能成为孩子们童年时期的智慧良友、心灵伙伴，让孩子们在轻松的阅读和愉快的享受中，渐渐领略世界与人生的丰富和奇妙。当他们在成长的过程中面临一个个问题需要解决时，这些童年时就开始陪伴他们的好伙伴、好朋友会一直在他们身旁，帮助他们跨越障碍，获得成功！

中国儿童教育研究所 陈勉

让孩子在轻松的阅读中 快乐成长！

　　童话是儿童最好的朋友，没有童话的童年是苍白乏味的。优秀的童话用一个个象征和隐喻，把人类生活中那些美好告诉给儿童；同时又不回避现实地揭露出丑陋、欺骗甚至罪恶，让孩子学会对付邪恶的办法。它们远比识读课本和有关"现实"的那些教材更为全面，更为丰富，也更为深刻。因此说，好的童话对儿童的健康成长起着非常积极的作用，甚至会影响到孩子的一生。为了满足广大儿童的阅读需求，我们推出了这本《让孩子受益终生的小童话中的大启迪》。

　　本书精选了74篇短小有趣、富含哲理的童话故事，其中多为格林、安徒生等名家名篇，还有诸多现代经典童话。为了突出本书"受益终生"的特点，我们对每篇童话中所蕴涵的启迪意义都做了提炼概括，并在篇首用一个小问题将之与儿童的具体生活联系起来，充分发挥出童话开启智慧、启迪心灵的作用。为了降低阅读难度，增加审美愉悦，本书加注了拼音，并为每篇童话都配上了可爱精彩的插图，相信它一定会受到孩子们的喜爱。

　　　　　　　　　　希望每个孩子都能从这本书中获得智慧、品德和能力，为一生的幸福埋下种子。

目录
Mu Lu

目录
Mu Lu

目录
Mu Lu

卷首语

一粒沙里看出一个世界，
一朵野花里有一座天堂，
把无限放在你的手掌上，
永恒在一刹那里收藏。

——英国诗人 布莱克

　　一个个童话就是这一粒粒沙子、一朵朵花，我们可以通过它们看到整个世界。童话世界并不回避现实世界的阴霾，但却是一个充满希望和乐观的世界。它让我们相信奇迹总会出现，相信爱可以战胜冷漠，相信温暖的感觉存在于每个人的心里。这里的童话展现了所有的人终会面对的人生问题，比如遇到困难、追求幸福、寻找伴侣、追寻生活的意义，以至面对恐惧、绝望、死亡，等等。

　　让我们从中汲取美好、正义的力量，获得智慧和能力，享受幸福的人生吧！

duì yú xiǎo péng yǒu de shēng rì　　　bà ba mā ma zǒng shì jì de hěn qīng chu　　ér qiě huì zhǔn bèi
对于小朋友的生日，爸爸妈妈总是记得很清楚，而且会准备

hǎo lǐ wù　　nà xiǎo péng yǒu zhī bù zhī dào bà ba mā ma de shēng rì ne
好礼物，那小朋友知不知道爸爸妈妈的生日呢？

ài xīn shù
01. 爱心树

yǒu yī kē dà shù　　tā hěn ài yī
有一棵大树，她很爱一

ge nán hái　　　nán hái yě ài dà shù　　měi
个男孩。男孩也爱大树，每

tiān dōu huì pǎo lái　　yòng shù yè zi biān huáng
天都会跑来，用树叶子编皇

guān　　chī shù shang de píng guǒ　　tǎng zài shù
冠，吃树上的苹果，躺在树

yīn xià shuì jiào　　　　dà shù hěn kuài lè
荫下睡觉……大树很快乐。

nán hái jiàn jiàn zhǎng dà　　bù zài hé
男孩渐渐长大，不再和

dà shù zuò bàn le　　　yǒu yī tiān　　nán hái
大树做伴了。有一天，男孩

yòu lái le　　dà shù gāo xìng de hún shēn fā dǒu　　　lái
又来了，大树高兴得浑身发抖："来

a　　hái zi　　pá shàng wǒ de shù gàn　　　　kě shì nán hái shuō　　wǒ bù shì
啊，孩子，爬上我的树干……"可是男孩说："我不是

xiǎo hái zi le　　wǒ bù yào pá shù　　wǒ xū yào qián　　nǐ néng gěi wǒ yī xiē qián
小孩子了，我不要爬树，我需要钱，你能给我一些钱

ma　　　　zhēn bào qiàn　　　shù shuō　　　wǒ méi yǒu qián　　bù guò nǐ kě yǐ ná wǒ
吗？""真抱歉。"树说，"我没有钱，不过你可以拿我

de píng guǒ qù mài　　zhè yàng nǐ jiù huì yǒu qián le　　　yú shì　　nán hái pá shàng
的苹果去卖，这样你就会有钱了。"于是，男孩爬上

shù　　bǎ suǒ yǒu de píng guǒ dōu zhāi zǒu le　　　dà shù hěn kuài lè
树，把所有的苹果都摘走了。大树很快乐。

男孩又好久没来了。当他又回到大树身边时，大树高兴得连话都快说不出来了，可是男孩这次来是想向大树要一间房子。大树叫男孩把她的树枝砍走造房子，男孩照做了，大树很快乐。又过了好久，男孩需要一艘船去远行，他砍掉了大树的树干，大树很快乐。

过了好久好久，男孩回来了。大树喃喃地说："我很抱歉，孩子，我只剩下一块老树根，我什么都不能给你了。"男孩说："我现在只想找一个休息的地方，我很累很累。""那好，老树根是最适合坐下来休息的。"大树一边说一边努力挺直身子。男孩坐了下来，大树很快乐……

小童话中的大启迪

故事里的大树是不是很像我们的爸爸妈妈呢？他们不求回报、无私奉献，在任何时候都无怨无悔地等待着你的归来，而这一切都是因为爱。可如果我们只关注自己的理想、自己的生活，一味索取，那是多么不应该。要知道，父母也需要我们的关爱啊！

bān zhǎng shì gè wén jìng de xiǎo gū niang　kě shì nǐ ài chàng ài xiào　nǐ huì xué zhe bān zhǎng ér
班长是个文静的小姑娘，可是你爱唱爱笑，你会学着班长而

gǎi biàn zì jǐ ma
改变自己吗？

bā ge de shēng yīn
O2. 八哥的声音

cóng qián yǒu yī zhī bā ge　　tā měi tiān dōu kè kǔ liàn xí chàng gē　　bù
从前有一只八哥，他每天都刻苦练习唱歌，不

jiǔ zhī hòu gē yì jiù yǒu le hěn dà zhǎng jìn　　dāng tā zài dòng wù men miàn qián
久之后歌艺就有了很大长进。当他在动物们面前

biǎo yǎn chàng gē shí　　nà huó pō huān lè de gē shēng lì kè ràng dà jiā xīn zhōng
表演唱歌时，那活泼欢乐的歌声立刻让大家心中

chōng mǎn le xǐ yuè　zhěng gè sēn lín dōu bèi zhè hé xié huān lè de qì xī lǒng zhào
充满了喜悦，整个森林都被这和谐欢乐的气息笼罩

zhe　　dòng wù men dōu shuō tā chàng de hǎo tīng　bā ge xīn li gāo xìng jí le
着。动物们都说他唱得好听，八哥心里高兴极了。

yī tiān yè wǎn　　yī zhī yè yīng fēi shàng zhī tóu
一天夜晚，一只夜莺飞上枝头，

chàng qǐ gē lái　　tā de gē hóu wǎn zhuǎn yōu yáng
唱起歌来。他的歌喉婉转悠扬，

qǔ diào yōu shāng　　sēn lín li suǒ yǒu de dòng
曲调忧伤，森林里所有的动

wù dōu bèi zhè qī měi de gē shēng dǎ dòng
物都被这凄美的歌声打动

le　　dà jiā dōu zàn měi tā shì niǎo lèi zhōng
了，大家都赞美他是鸟类中

de gē wáng　　bā ge fēi cháng shāng xīn
的歌王。八哥非常伤心，

mò mò de fēi huí zì jǐ de cháo li
默默地飞回自己的巢里。

qīng chén qǐ lái　　bā ge jìng zhí fēi
清晨起来，八哥径直飞

进森林深处，练习像夜莺那样唱歌。过了一阵子，他觉得自己练得差不多了，就准备在大家面前露一露嗓子。

可是，当他信心十足地唱起忧伤的夜莺之歌时，动物们反应冷淡，脸上是一片茫然之色。他们一个接一个地悄悄退场了。青蛙是最后一位听众，他看见身边动物都走了，便说了句："够了！够了！"然后一跳一跳地跑开了。八哥十分泄气，他不明白为什么自己苦苦练了那么久，得到的却是这样的下场。

小童话中的大启迪

八哥歌声欢快活泼，深受小动物们的喜欢，可他偏要学习不适合自己的夜莺之歌，结果适得其反，落得一个不受欢迎的下场。每个人都有自己的特点和长处，如果一味地模仿别人，而忽略自己本身的特质，那势必是难以成功的。所以小朋友们要对自己有信心，努力发扬自己的长处和优势，坚持自己的风格。

nǐ jiā de xiǎo gǒu shì bù shì tè bié xǐ huan nǐ　　wú lùn nǐ dào nǎ lǐ　　tā dōu huì yáo tóu
你家的小狗是不是特别喜欢你，无论你到哪里，它都会摇头
huàng nǎo de gēn zhe nǐ
晃脑地跟着你？

bái hú dié
03. 白蝴蝶

yī ge lǎo yé ye zài jiē jiǎo mài qì qiú
一个老爷爷在街角卖气球，
qì qiú yǒu hóng de　　lán de　huáng de　　zǐ de
气球有红的、蓝的、黄的、紫的，
hái yǒu xǔ duō bié de yán sè　　yǒu yī zhī bái
还有许多别的颜色。有一只白
sè de hú dié　měi tiān dōu huì fēi lái hé qì qiú
色的蝴蝶，每天都会飞来和气球
yī qǐ wánr　　bái hú dié gēn qí zhōng yī ge
一起玩儿。白蝴蝶跟其中一个
hěn xiǎo de hóng qì qiú zuì yào hǎo la
很小的红气球最要好啦！
yǒu yī tiān　　yī ge bēi zhe wá wa de
有一天，一个背着娃娃的
ā yí zǒu guò lái　　yòng yī fēn qián mǎi zǒu le
阿姨走过来，用一分钱买走了
nà ge xiǎo hóng qì qiú　　xiǎo hóng qì qiú xiàng bái hú dié
那个小红气球。小红气球向白蝴蝶
dào bié　　kě shì bái hú dié shuō　　bù　　wǒ yào gēn nǐ
道别，可是白蝴蝶说："不，我要跟你
zǒu　　yú shì　　tā shān dòng zhe chì bǎng　gēn zài hóng qì qiú de hòu bian
走！"于是，她扇动着翅膀，跟在红气球的后边。
nà ge bēi wá wa de ā yí zǒu jìn gōng yuán　　zài gōng yuán de cháng yǐ shang
那个背娃娃的阿姨走进公园，在公园的长椅上
zuò xià lái　　chàng qǐ hǒng wá wa shuì jiào de cuī mián qǔ　　kě jiàn jiàn de　　tā zì
坐下来，唱起哄娃娃睡觉的催眠曲。可渐渐地，她自

己也闭上了眼睛，手也不知不觉地松开了。牵着气球的细线滑了出去，小红气球开始飘向天空。

白蝴蝶也跟着红气球，向天空飞去。"我不知道会飞到什么地方，白蝴蝶，你快回家去吧……"红气球说。可是白蝴蝶说："不，我要跟着你。"红气球越飞越高，白蝴蝶也越飞越高。向下看去，城市变小了，房子跟积木似的。红气球说："别再跟着我了，好蝴蝶，我还不知道会飞到什么地方去呢！"可是，白蝴蝶还是扇动着翅膀，跟着它走。不一会儿，红气球和白蝴蝶都不见了。

小童话中的大启迪

白蝴蝶不知道红气球会飞到哪里，就连红气球自己都不知道将来会怎样，可白蝴蝶还是愿意跟着它，直到看不见的天边。真正的爱就是这样吧，它不计较得失，也不惧怕无可把握的未来，只为了和喜欢的人永远相随。这份勇气、执著和忘我，正是爱的可贵之处呀。

bà ba mā ma shì bù shì zǒng shì bǎ hǎo chī de liú gěi nǐ chī nà nǐ yuàn yì bǎ hǎo chī de
爸爸妈妈是不是总是把好吃的留给你吃？那你愿意把好吃的

fēn gěi bà ba mā ma chī ma
分给爸爸妈妈吃吗？

bù xiào de ér zi
04. 不孝的儿子

hěn jiǔ yǐ qián yī ge nán rén mǎi le yī zhī kǎo jī huí jiā tā hé
很久以前，一个男人买了一只烤鸡回家。他和

qī zi bǎ cān zhuō bān dào le yuàn zi li zhǔn bèi hǎo hāor xiǎng shòu zhè dùn měi
妻子把餐桌搬到了院子里，准备好好儿享受这顿美

cān kě jiù zài zhè shí tā hū rán kàn jiàn zì jǐ de fù qīn zhèng cóng yuǎn chù
餐。可就在这时，他忽然看见自己的父亲正从远处

cháo tā men zhèr zǒu lái
朝他们这儿走来。

nà lǎo jiā huo zěn me lái le wǒ kě bù xiǎng bǎ zhè měi wèi de kǎo
"那老家伙怎么来了？我可不想把这美味的烤

jī fēn gěi tā chī nán rén shuō zhe jiù bǎ kǎo jī cáng dào le dèng zi dǐ xia
鸡分给他吃。"男人说着就把烤鸡藏到了凳子底下。

lǎo rén zǒu guò lái hé
老人走过来，和

ér zi shuō le yī huìr huà
儿子说了一会儿话，

hē le diǎn zhuō shang de pí jiǔ
喝了点桌上的啤酒

jiù huí qù le nán rén jiàn
就回去了。男人见

fù qīn zǒu le jiù zhǔn bèi
父亲走了，就准备

bǎ kǎo jī cóng dèng zi dǐ xià
把烤鸡从凳子底下

duān shàng lái méi xiǎng dào
端上来。没想到，

tā shēn shǒu ná dào de jìng shì yī zhī
他伸手拿到的竟是一只
dà há ma   há ma pēng de tiào dào
大蛤蟆！蛤蟆砰地跳到
le nán rén de liǎn shang   sǐ sǐ
了男人的脸上，死死
de pā zài shàng miàn   há ma hěn
地趴在上面。蛤蟆狠
hěn de dèng zhe dà yǎn jing   méi yǒu
狠地瞪着大眼睛，没有
rén gǎn niǎn tā xià lái
人敢撵它下来。

cóng cǐ   zhè ge ér zi jiù
从此，这个儿子就
zhǐ néng dǐng zhe zhè zhī há ma guò rì zi
只能顶着这只蛤蟆过日子。
rén rén dōu yàn wù tā   tā de qī zi yě lí kāi le tā   měi tiān   tā hái děi
人人都厌恶他，他的妻子也离开了他。每天，他还得
bǎ há ma wèi bǎo   bù rán tā jiù yào yǎo tā liǎn shang de ròu dàng zì jǐ de měi
把蛤蟆喂饱，不然它就要咬他脸上的肉当自己的美
cān   jiù zhè yàng   tā gū dú de huó zhe   wú lùn zǒu dào nǎr   dōu dé bù
餐。就这样，他孤独地活着，无论走到哪儿，都得不
dào yī sī ān níng
到一丝安宁。

小童话中的大启迪

fù mǔ bǎ wǒ men yǎng dà   xiào jìng fù mǔ shì wǒ men zuì yīng jìn de yì wù   yě shì yī ge
父母把我们养大，孝敬父母是我们最应尽的义务，也是一个
rén zuì jī běn de pǐn dé   gù shi zhōng de nán rén wàng le fù qīn de yǎng yù zhī ēn   lián yī zhī kǎo jī dōu
人最基本的品德。故事中的男人忘了父亲的养育之恩，连一只烤鸡都
bù yuàn yǔ fù qīn fēn xiǎng   gèng tán bù shàng xiào jìng lǎo rén le   tā yīn cǐ shòu dào le chéng fá   zài liǎn shang
不愿与父亲分享，更谈不上孝敬老人了。他因此受到了惩罚，在脸上
liú xià le huī zhī bù qù de chǐ rǔ de biāo zhì   xiǎo péng yǒu men qiān wàn bù yào xiàng zhè ge nán
留下了挥之不去的耻辱的标志。小朋友们千万不要像这个男
rén nà yàng   bù rán jiù huì zāo dào bié rén de yàn qì   zì jǐ de liáng xīn yě bù huì ān níng
人那样，不然就会遭到别人的厌弃，自己的良心也不会安宁。

xiǎo péng yǒu men kěn dìng dōu hěn ài zì jǐ de bà ba mā ma dàn xiǎo péng yǒu yǒu méi yǒu bǎ zhè
小朋友们肯定都很爱自己的爸爸妈妈，但小朋友有没有把这
fèn ài gào su guò bà ba mā ma ne
份爱告诉过爸爸妈妈呢？

cāi cai wǒ yǒu duō ài nǐ

05.猜猜我有多爱你

lín shuì qián xiǎo tù zi jǐn jǐn de zhuā zhe dà tù zi de ěr duo rèn zhēn
临睡前，小兔子紧紧地抓着大兔子的耳朵，认真
de wèn cāi cai wǒ yǒu duō ài nǐ ò wǒ dà gài cāi bù chū lái
地问："猜猜我有多爱你？""哦，我大概猜不出来。"
dà tù zi xiào zhe shuō xiǎo tù zi bǎ shǒu bì zhāng kāi kāi de bù néng zài kāi
大兔子笑着说。小兔子把手臂张开，开得不能再开，
rán hòu shuō wǒ ài nǐ zhè me duō dà tù zi yǒu gèng cháng de shǒu bì
然后说："我爱你这么多。"大兔子有更长的手臂，
tā zhāng kāi lái yī bǐ shuō kě shì wǒ ài nǐ zhè me duō
他张开来一比，说："可是我爱你这么多。"

xiǎo tù zi xiǎng le xiǎng bǎ tóu dǐng zài shù gàn shàng dǎo lì qǐ lái shuō
小兔子想了想，把头顶在树干上倒立起来，说：
wǒ ài nǐ yī zhí dào wǒ de jiǎo zhǐ tou zhè me duō dà tù zi yī bǎ zhuā
"我爱你一直到我的脚指头这么多。"大兔子一把抓
qǐ xiǎo tù zi de shǒu jiāng tā pāo qǐ lái
起小兔子的手，将他抛起来，
fēi de bǐ zì jǐ de tóu hái yào gāo
飞得比自己的头还要高，
shuō wǒ ài nǐ cóng wǒ de jiǎo zhǐ tou
说："我爱你从我的脚指头
dào nǐ de jiǎo zhǐ tou zhè me duō xiǎo
到你的脚指头这么多。"小
tù zi xiào le qǐ lái tā tiào shàng tiào
兔子笑了起来，他跳上跳
xià shuō wǒ ài nǐ xiàng wǒ tiào de
下，说："我爱你像我跳的

zhè me gāo dà tù zi xiào zhe shuō kě shì wǒ ài nǐ xiàng wǒ tiào de zhè
这么高。"大兔子笑着说:"可是我爱你像我跳的这

me gāo tā wǎng shàng yī tiào ěr duo dōu pèng dào shù zhī le xiǎo tù zi jiào
么高。"他往上一跳,耳朵都碰到树枝了。小兔子叫

dào wǒ ài nǐ yī zhí dào guò le xiǎo lù zài yuǎn yuǎn de hé nà biān dà tù
到:"我爱你,一直到过了小路,在远远的河那边。"大兔

zi shuō wǒ ài nǐ yī zhí dào guò le xiǎo hé zài yuè guò shān de nà yī biān
子说:"我爱你,一直到过了小河,在越过山的那一边。"

xiǎo tù zi róu rou yǎn jing jué de yǒu xiē kùn le tā tái tóu kàn kan
小兔子揉揉眼睛,觉得有些困了。他抬头看看

shù cóng hòu miàn de yī dà piàn yè kōng jué de méi yǒu shén me dōng xi bǐ tiān kōng
树丛后面的一大片夜空,觉得没有什么东西比天空

gèng yáo yuǎn de le biàn nán nán de shuō wǒ ài nǐ cóng
更遥远的了,便喃喃地说:"我爱你,从

zhè lǐ yī zhí dào yuè liang zhēn de fēi cháng fēi cháng
这里一直到月亮。""真的非常非常

yuǎn dà tù zi shuō zhe bǎ xiǎo tù zi bào
远。"大兔子说着把小兔子抱

qǐ lái fàng dào pū mǎn yè zi de chuáng shang
起来,放到铺满叶子的床上,

rán hòu tǎng zài tā páng biān wēi xiào zhe shuō
然后躺在他旁边,微笑着说:

wǒ ài nǐ cóng zhè lǐ yī zhí dào yuè liang
"我爱你,从这里一直到月亮,

zài rào huí lái
再绕回来。"

小童话中的大启迪

suī rán xiǎo tù zi de ài zǒng bù rú dà tù zi de duō kě zài tā yī cì cì nǔ lì biǎo dá zhe
虽然小兔子的爱总不如大兔子的多,可在它一次次努力表达着

zì jǐ de ài shí huò de de dà tù zi duō chū yī bèi de ài suǒ yǐ dāng nǐ zài ài de shí hou
自己的爱时,获得的是大兔子多出一倍的爱。所以,当你在爱的时候,

qǐng bǎ xīn zhōng de ài yì dà shēng de shuō chū lái ba yīn wèi zhè shí zài shì yī zhǒng měi hǎo de gǎn
请把心中的爱意大声地说出来吧,因为这实在是一种美好的感

qíng zhè huì lìng nǐ hé nǐ suǒ ài de rén dōu bèi gǎn xìng fú
情,这会令你和你所爱的人都倍感幸福。

bà ba shuō hǎo hāor xué xí rén huì biàn de cōng míng kě wèi shén me wǒ men yào zuò yī ge cōng
爸爸说好好儿学习人会变得聪明，可为什么我们要做一个聪

míng rén ne
明人呢？

06. cōng míng de chú shī
聪明的厨师

cóng qián　yī ge chú zi zài wèi zhǔ rén shāo zhì pēn xiāng měi wèi de kǎo hè
从前，一个厨子在为主人烧制喷香美味的烤鹤。

dāng hè kuài kǎo hǎo de shí hou　yī wèi piào liang de nóng jiā nǚ zhèng hǎo lái kàn wàng
当鹤快烤好的时候，一位漂亮的农家女正好来看望

chú zi tā wén dào le hè de xiāng wèi　jiù shuō fú chú zi gěi le tā yī tiáo hè tuǐ
厨子，她闻到了鹤的香味，就说服厨子给了她一条鹤腿。

chī fàn de shí hou　zhǔ rén fā xiàn shǎo le yī tiáo hè tuǐ　jiù wèn chú
吃饭的时候，主人发现少了一条鹤腿，就问厨

zi　zhè hè zěn me zhǐ yǒu yī tiáo tuǐ　cōng míng de chú zi huí dá shuō
子："这鹤怎么只有一条腿？"聪明的厨子回答说：

dà ren　hè běn lái jiù zhǐ yǒu yī tiáo tuǐ　shén me　zhǔ rén dà jiào
"大人，鹤本来就只有一条腿。""什么？"主人大叫

dào　nǐ yǐ wéi wǒ cóng lái méi jiàn guò hè ma　kě shì chú zi jiān chí shuō
道，"你以为我从来没见过鹤吗？"可是厨子坚持说

hè zhǐ yǒu yī tiáo tuǐ　hái shuō　rú guǒ zhè lǐ
鹤只有一条腿，还说："如果这里

yǒu huó hè de huà　wǒ jiù ná
有活鹤的话，我就拿

gěi nín kàn　zhǔ rén biàn shuō
给您看。"主人便说：

hǎo ba　děng xià zán men jiù qù
"好吧，等下咱们就去

kàn kan　hè dào dǐ shì yī tiáo
看看，鹤到底是一条

tuǐ hái shì liǎng tiáo tuǐ
腿还是两条腿！"

傍晚，他们来到河边，此时一只只沉睡的鹤都用一条腿站着，因为它们休息的时候就是这样。厨子高兴地说："您看！鹤都是只有一条腿。"主人冷笑一声，举起双手使劲拍了拍，并大喝了一声。受到惊吓的鹤纷纷放下蜷曲着的另一条腿，振起翅膀飞走了。

"看见了吧！"主人问："它们有几条腿？"厨师立刻说："如果刚才在餐桌上您也拍一下手，高叫一声，那只鹤说不定也会把那条腿伸出来。"

听到这话，主人大笑起来，他说："对，当时我是该那么做。"说完，他们就像朋友一样搂着肩膀回家了。

小童话中的大启迪

难道主人真不知道鹤有几条腿吗？当然不是的，主人之所以不追究厨子的责任，是因为厨子那机智的回答令他十分欣赏，相比之下，一只鹤腿又算什么呢！智慧就是这样一种神奇的东西，它可以帮人解决难题，也可以令人拥有无穷的魅力。

rú guǒ xiǎng huà yī piàn lǜ dì què zhǐ yǒu lán sè hé huáng sè de shuǐ cǎi bǐ gāi zěn me bàn ne
如果想画一片绿地,却只有蓝色和黄色的水彩笔,该怎么办呢?

cōng míng de xiǎo mù tóng
07. 聪明的小牧童

cóng qián yǒu ge xiǎo mù tóng tā duì rèn hé wèn tí dōu néng
从前有个小牧童,他对任何问题都能

gěi chū cōng míng de huí dá yīn cǐ míng qì yuè lái yuè dà
给出聪明的回答,因此名气越来越大。

guó wáng tīng shuō hòu bù xiāng xìn yǒu zhè yàng lì hai de rén
国王听说后,不相信有这样厉害的人,

jiù bǎ xiǎo mù tóng zhào jìn gōng jué dìng kǎo kao tā
就把小牧童召进宫,决定考考他。

guó wáng xiàng xiǎo mù tóng tí de dì
国王向小牧童提的第

yī ge wèn tí shì dà hǎi li yǒu duō shao
一个问题是:大海里有多少

dī shuǐ xiǎo mù tóng shuō zūn jìng de bì
滴水?小牧童说:"尊敬的陛

xià qǐng xiān jiào rén bǎ shì jiè shang suǒ yǒu de
下,请先叫人把世界上所有的

hé liú dōu dǔ zhù zài wǒ shǔ wán zhī qián bù néng ràng yī dī shuǐ liú jìn dà
河流都堵住,在我数完之前,不能让一滴水流进大

hǎi nà shí wǒ jiāng gào su nín dà hǎi li dào dǐ yǒu duō shao dī shuǐ kě guó
海,那时我将告诉您大海里到底有多少滴水。"可国

wáng zěn me néng dǔ zhù shì jiè shang suǒ yǒu de hé liú ne
王怎么能堵住世界上所有的河流呢?

guó wáng jiē zhe wèn tiān shang yǒu duō shao kē xīng xing mù tóng xiàng
国王接着问:"天上有多少颗星星?"牧童向

guó wáng yào le yī dà zhāng bái zhǐ bìng zài zhǐ shang mì mì má má huà le xǔ duō
国王要了一大张白纸,并在纸上密密麻麻画了许多

xì diǎn jiē zhe shuō tiān shang de xīng xing gēn wǒ zhè zhǐ shang de diǎnr yī yàng
细点,接着说:"天上的星星跟我这纸上的点儿一样

duō qǐng shǔ shu ba   nà xiē xì diǎn duō de rén men jiǎn zhí kàn dōu kàn bù qīng
多，请数数吧。"那些细点多得人们简直看都看不清，

dāng rán wú fǎ shǔ qīng le
当然无法数清了。

guó wáng yòu wèn   dì sān ge wèn tí   yǒng héng yǒu duō shao miǎo zhōng
国王又问："第三个问题，永恒有多少秒钟？"

mù tóng huí dá dào   zài hòu bō měi lā ní yà yǒu zuò zuàn shí shān   zhè zuò shān yǒu
牧童回答道："在后波美拉尼亚有座钻石山，这座山有

liǎng yīng lǐ gāo   liǎng yīng lǐ kuān   liǎng yīng lǐ shēn   měi gé yī bǎi nián   jiù yǒu
两英里高，两英里宽，两英里深。每隔一百年，就有

yī zhī niǎo fēi dào nàr   yòng tā de zuǐ lái zhuó shān
一只鸟飞到那儿，用它的嘴来啄山。

děng zhěng gè shān dōu bèi zhuó guāng shí   yǒng héng de dì yī
等整个山都被啄光时，永恒的第一

miǎo zhōng cái suàn gāng gāng zǒu guò
秒钟才算刚刚走过。"

guó wáng tàn fú de shuō   nǐ xiàng zhì zhě yī yàng
国王叹服地说："你像智者一样

jiě dá le wǒ de sān ge wèn tí   cóng jīn yǐ hòu nǐ
解答了我的三个问题。从今以后你

jiù hé wǒ yī qǐ zhù zài gōng zhōng   wǒ huì xiàng dài qīn
就和我一起住在宫中，我会像待亲

shēng ér zi yī yàng dài nǐ de
生儿子一样待你的。"

小童话中的大启迪

guó wáng wèn de zhè sān ge wèn tí   kě yǐ shuō shì wú fǎ zhǎo chū dá àn de   dàn xiǎo mù
国王问的这三个问题，可以说是无法找出答案的，但小牧

tóng què yòng yī zhǒng qiǎo miào de fāng shì zuò chū le jiě dá   zhè zhǒng qiǎo miào jiù shì zhì huì   dāng wǒ men yù
童却用一种巧妙的方式做出了解答，这种巧妙就是智慧。当我们遇

dào nán yǐ jiě jué de wèn tí shí   wǒ men bù yīng gāi zuān niú jiǎo jiān   ér shì yīng gāi cháng shì zhe huàn yī ge
到难以解决的问题时，我们不应该钻牛角尖，而是应该尝试着换一个

jiǎo dù qù sī kǎo   lì rú lán sè hé huáng sè hùn hé zài yī kuàir   huì biàn chéng lǜ sè yo   bù guò
角度去思考，例如蓝色和黄色混合在一块儿会变成绿色哟！不过，

zhè zhǒng néng lì zhǔ yào lái yuán yú shēng huó de jī lěi
这种能力主要来源于生活的积累。

xiǎo péng yǒu měi dùn chī liǎng wǎn fàn gāng gāng hǎo　　kě rú guǒ shǎo chī yī wǎn huò duō chī yī wǎn huì

小朋友每顿吃两碗饭刚刚好，可如果少吃一碗或多吃一碗会

zěn me yàng ne

怎么样呢？

dà má niǎo hé dài shèng niǎo

08.大麻鸟和戴胜鸟

cóng qián　　dà má niǎo hé dài shèng niǎo dōu shì mù rén　　dà má niǎo xǐ huan

从前，大麻鸟和戴胜鸟都是牧人。大麻鸟喜欢

zài yòu féi yòu lù de cǎo dì shang mù niú　　nàr　de huār　duō de shǔ yě shǔ

在又肥又绿的草地上牧牛，那儿的花儿多得数也数

bù qīng　niú chī le nàr　de cǎo dǎn zi biàn de tè bié dà　ér qiě shí fēn

不清。牛吃了那儿的草，胆子变得特别大，而且十分

cū yě

粗野。

dài shèng niǎo gēn dà má niǎo zhèng hǎo xiāng fǎn　tā xǐ huan bǎ niú fàng zài

戴胜鸟跟大麻鸟正好相反，他喜欢把牛放在

pín jí de gāo shān shang　nàr　jīng cháng guā fēng shā　tā nà

贫瘠的高山上，那儿经常刮风沙。他那

xiē niú méi yǒu zú gòu de cǎo chī　zhǎng de tè

些牛没有足够的草吃，长得特

bié shòu　yī diǎn lì qi yě méi yǒu

别瘦，一点力气也没有。

tiān hēi de shí hou　mù rén men dōu

天黑的时候，牧人们都

yào gǎn shēng chù huí jiā qù　dà má niǎo

要赶牲畜回家去。大麻鸟

què méi fǎ bǎ nà xiē niú gǎn dào yī kuàir

却没法把那些牛赶到一块儿

yīn wèi tā men fēi cháng rèn xìng　zǒng

儿，因为它们非常任性，总

shì cóng tā shēn biān pǎo kāi　dà má niǎo

是从他身边跑开。大麻鸟

叫着:"花牛呀,回来。"可是这一点用也没有,因为它们不听他使唤。而戴胜鸟呢,他根本没法叫牛站起来,因为这些牛太弱了,一点力气都没有。虽然戴胜鸟不停地叫着:"站起来,站起来!"可牛还是躺在沙地上一动不动。

现在,大麻鸟和戴胜鸟都不再放牛了,可是大麻鸟还在叫着:"花牛呀,回来。"戴胜鸟也还在叫着:"站起来,站起来!"而聪明的牧人呢,则学会了把牛放在草不是太肥也不是太瘦的地方。

小童话中的大启迪

大麻鸟和戴胜鸟都不是好牧人,他们一个把牛放得很野、难以驾驭,一个却让牛吃都吃不饱。其实做任何事情都和这放牛一样,有一个"度"的掌握,多一分或少一分都是缺憾,只有恰到好处才能将事情做成功。

800米比赛开始了，可鞋带松了，是应该先把鞋带系好了再跑，还是就拖着根鞋带跑？

09. 钉子

一个商人在集市上生意做得很好，他带去的所有货物都卖光了，皮夹子里塞满了金币和银币。市集结束后，他把装有钱币的旅行包捆在马背上，跨上马往家走。他要在天黑之前赶到家。

中午，他来到一个小镇歇脚。当他要继续赶路时，马童牵出马来对他说："老爷，马左后腿的铁掌上少了一颗钉子。""由它去吧，"商人回答说，"我再走六个小时就到家了，这块铁掌肯定能撑得住，我还急着赶路呢！"

到了下午，商人又下马，叫人给马

喂饲料。马童走进他休息的小房间，对他说："老爷，马左后腿的铁掌掉了，要不要我把它带到铁匠那里去？"

"由它去吧！"商人回答说，"还有两小时就到了，这点时间它一定能撑得住的，我时间紧着呢！"

商人继续赶路。可没过多久马就开始一瘸一拐的了，再过会儿就开始踉踉跄跄，最后它终于跌倒在地，摔断了腿。商人只好丢下马，解下旅行袋扛在背上，步行回家。结果，他直到午夜时分才到家，只听他嘀咕着："真倒霉！都怪那该死的钉子。"

小童话中的大启迪

商人为了能早点回家，连一颗小钉子都不愿去钉，结果不仅浪费了更多的时间，还损失了一匹马。所以做任何事情啊，准备充分总不会错，千万不要以为一些小地方无关紧要，要知道大纰漏都是从这些小漏洞上开始的。

nǐ huì wèi le bān jí de lì yì ér fàng qì gè rén xiǎng yào de dōng xi ma
你会为了班级的利益而放弃个人想要的东西吗？

duō tóu lóng
10. 多头龙

cóng qián yǒu yī tiáo jiǔ tóu lóng　　tā néng gòu pēn shè huǒ yàn　ér qiě rú guǒ
从前有一条九头龙，它能够喷射火焰，而且如果

yī ge nǎo dai bèi kǎn qù le　　huì jiē zhe zhǎng chū sān ge nǎo dai　kě zhè yàng
一个脑袋被砍去了，会接着长出三个脑袋。可这样

yī ge lì hai de guài shòu què miè wáng le　zhè shì zěn me huí shì ne
一个厉害的怪兽却灭亡了，这是怎么回事呢？

yuán lái　　zhè jiǔ kē nǎo dai dōu zhēng zhe xiǎng dāng lǎo dà　yī kē nǎo
原来，这九颗脑袋都争着想当老大。一颗脑

dai bù zhī cóng nǎr　nòng dào zhī bǐ　zài zì jǐ é tóu shang xiě le yī ge
袋不知从哪儿弄到支笔，在自己额头上写了一个

tā jiù chéng le lǎo dà　hái bǎ lìng wài bā zhī nǎo dai pái hǎo le zuò cì
"1"，它就成了老大，还把另外八只脑袋排好了座次。

zhè shí yī ge yǒng shì chū xiàn le　　tā huī jiàn jiù kǎn qù le lǎo jiǔ
这时一个勇士出现了，他挥剑就砍去了老九。

yī zhuǎn yǎn gōng fu　zài tā de wèi zhì shang zhǎng
一转眼工夫，在它的位置上长

chū le sān kē xīn nǎo dai　xīn
出了三颗新脑袋。新

nǎo dai zuò wéi dì jiǔ
脑袋作为第九

nǎo dai de hòu yì
脑袋的后裔，

hé yuán běn de dì yī nǎo dai zhēng qǐ
和原本的第一脑袋争起

le lǎo dà de dì wèi　yǒng shì bù
了老大的地位。勇士不

tíng de kǎn　xīn nǎo dai jiù bù tíng
停地砍，新脑袋就不停

de zhǎng chū lái　　tā men wèi le zhàn lǎo
地长出来，它们为了占老

dà　　lǎo èr　　lǎo sān de dì wèi
大、老二、老三的地位，

chǎo chǎo nào nào　　hù xiāng pēn shè huǒ
吵吵闹闹，互相喷射火

yàn　 zhēng duó ge méi wán méi liǎo
焰，争夺个没完没了。

　　　zhòng duō de nǎo dai rè zhōng yú zhēng duó
　　众多的脑袋热衷于争夺

zuò cì dì wèi　wán quán wàng diào le qū tǐ　　duō tóu lóng de qū
座次地位，完全忘掉了躯体，多头龙的躯

tǐ biàn de xiāo shòu gān biě　zhòu zhě héng shēng　fǎng fú gān shòu
体变得消瘦干瘪，皱褶横生，仿佛干瘦

de xié chǐ biān yú　　wǒ hé bì wèi zhè duī bèn nǎo dai
的斜齿鳊鱼。"我何必为这堆笨脑袋

làng fèi shí jiān　wǒ kě yǐ bǎ tā de qū tǐ nòng jìn xiá gǔ　　ràng zhè duī nǎo
浪费时间？我可以把它的躯体弄进峡谷，让这堆脑

dai jì xù hù xiāng pēn tǔ huǒ yàn　　　yú shì　yǒng shì pāo kāi bǎo jiàn　zhuā qǐ
袋继续互相喷吐火焰！"于是，勇士抛开宝剑，抓起

chǎn zi hé sào zhou　bǎ duō tóu lóng de qū tǐ nòng xià le shēn shēn de xiá gǔ
铲子和扫帚，把多头龙的躯体弄下了深深的峡谷。

bù kě yī shì de duō tóu lóng jiù zhè yàng miè wáng le
不可一世的多头龙就这样灭亡了。

小童话中的大启迪

duō tóu lóng yuán běn shì wú kě pǐ dí de jù shòu　kě nǎo dai men wèi zhēng nà wú wèi de pái míng zuò
多头龙原本是无可匹敌的巨兽，可脑袋们为争那无谓的排名座

cì　xuē ruò le zhěng tǐ de shí lì　zuì zhōng dǎo zhì le miè wáng　qí shí rén shēng huó zài zhè ge shè huì shang
次，削弱了整体的实力，最终导致了灭亡。其实人生活在这个社会上

bù shì gū lì de　suǒ yǐ xiǎng wèn tí　zuò shì qíng kě bù néng yǐ zì wǒ wéi zhōng xīn　ér shì yīng
不是孤立的，所以想问题、做事情可不能以自我为中心，而是应

gāi cóng zhěng tǐ chū fā　yǐ dà jú wéi zhòng　zhè yàng cái néng huò dé zuì dà de chéng gōng
该从整体出发，以大局为重，这样才能获得最大的成功。

zài mā ma shāng xīn de shí hou   nǐ shuō yī shēng   mā ma   wǒ ài nǐ   tā jiù bù huì nà me
在妈妈伤心的时候，你说一声"妈妈，我爱你"，她就不会那么

nán guò le   nǐ xiāng xìn ma
难过了，你相信吗？

fá mù rén hé tā de mèi mei
11. 伐木人和他的妹妹

zài jì jìng de dà sēn lín li   zhù zhe yī ge fá mù rén   fá mù rén
在寂静的大森林里，住着一个伐木人。伐木人

yuán běn yǒu ge shàn liáng   wēn shùn de mèi mei   kě mèi mei zài shí èr suì de shí
原本有个善良、温顺的妹妹，可妹妹在十二岁的时

hou   hū rán dé zhòng bìng sǐ le   fá mù rén fēi cháng bēi shāng   tā lǎo shì
候，忽然得重病死了。伐木人非常悲伤。他老是

xiǎng niàn zì jǐ de mèi mei   jiù zuò le yī ge hé mèi mei yī yàng de mù ǒu
想念自己的妹妹，就做了一个和妹妹一样的木偶，

gěi tā chuān shàng yī fu   kàn shàng qù jiù xiàng mèi mei yòu huó le yī yàng   cóng
给她穿上衣服，看上去就像妹妹又活了一样。从

cǐ   fá mù rén měi tiān gàn wán huó huí lái   dōu huì xiān gěi mèi mei dǎn qù huī
此，伐木人每天干完活回来，都会先给妹妹掸去灰

chén   rán hòu cái qù zuò fàn   zuò hǎo le fàn   tā jiù duān dào mèi mei gēn qián
尘，然后才去做饭。做好了饭，他就端到妹妹跟前，

yī biān chī zhe   yī biān bǎ dāng tiān de jiàn wén jiǎng gěi tā tīng
一边吃着，一边把当天的见闻讲给她听。

yǒu yī tiān   fá mù rén huí
有一天，伐木人回

dào jiā shí fā xiàn dà mén wài duī
到家时发现大门外堆

zhe hěn duō chái huo   tā jué de
着很多柴火，他觉得

yǒu xiē qí guài   kě yě méi
有些奇怪，可也没

zěn me wǎng xīn li qù
怎么往心里去。

第二天，当他回来时连饭菜都准备好了，可家里看不出有人来过的迹象。第三天，伐木人特地早一点回家，当他快到家门口的时候，看到一个少女背着柴火进了他的小房子。他急忙走进屋，发现屋里坐着的不是木偶，竟然是他的妹妹！妹妹也看到了伐木人，她说："我又回来了，因为哥哥一个人太寂寞了。"

从此以后，伐木人和妹妹一起幸福地生活着。他每次伐木的时候，都会想妹妹正在家等着自己呢，于是干起活来也总有使不完的劲儿。

小童话中的大启迪

伐木人日夜思念着妹妹，以至于死去的妹妹复活了。在现实生活中，人当然不能死而复生，木偶也不会变成活人，但真爱创造奇迹的事例却是真实存在的。所以，相信爱，付出爱吧，我们一定会收获更美好的生活。

tián li de xiǎo qīng wā　hé li de xiǎo yú　cǎo cóng li de xiǎo zhà měng　　zhè xiē xiǎo xiǎo de
田里的小青蛙、河里的小鱼、草丛里的小蚱蜢……这些小小的

shēng mìng yo　　tā men céng jīng bèi　nǐ shāng hài guò ma
生命呦，它们曾经被你伤害过吗？

há ma de tóng huà
12. 蛤蟆的童话

cóng qián　　yǒu yī ge xiǎo hái　　tā mǔ qīn měi
从前，有一个小孩，他母亲每

tiān xià wǔ gěi tā yī xiǎo wǎn niú nǎi hé yī xiǎo kuài
天下午给他一小碗牛奶和一小块

miàn bāo　　ràng tā zuò zài wài bian de yuàn zi li
面包，让他坐在外边的院子里

chī　　měi dāng zhè shí hou　　jiù huì yǒu yī
吃。每当这时候，就会有一

zhī xiǎo há ma cóng qiáng fèng li　pá
只小蛤蟆从墙缝里爬

chū lái　　tiào dào xiǎo hái shēn biān
出来，跳到小孩身边，

bǎ xiǎo nǎo dai shēn dào wǎn li　hé
把小脑袋伸到碗里和

hái zi yī qǐ chī　　rú guǒ há ma méi
孩子一起吃。如果蛤蟆没

yǒu mǎ shàng guò lái　　xiǎo hái hái huì qiāo zhe xiǎo wǎn hǎn　　há ma　há ma　kuài
有马上过来，小孩还会敲着小碗喊："蛤蟆，蛤蟆，快

lái ya　　lái chī nǐ de xiǎo miàn bāo　　lái hē nǐ de xiāng niú nǎi　　zhǐ yào tā
来呀，来吃你的小面包，来喝你的香牛奶。"只要他

yī jiào　　há ma jiù huì gǎn kuài guò lái　　hé tā yī qǐ jīn jīn yǒu wèi de chī zhe
一叫，蛤蟆就会赶快过来，和他一起津津有味地吃着。

kě bù zhī wèi shén me　　zhè há ma zhǐ hē niú nǎi　　bù chī miàn bāo　　yǒu
可不知为什么，这蛤蟆只喝牛奶，不吃面包。有

yī huí　　xiǎo hái ná qǐ tā de xiǎo sháo　　qīng qīng de qiāo le qiāo há ma de nǎo
一回，小孩拿起他的小勺，轻轻地敲了敲蛤蟆的脑

dai shuō xiǎo dōng xi lái chī miàn bāo ya zhàn zài chú fáng li de mǔ qīn
袋，说："小东西，来吃面包呀。"站在厨房里的母亲

tīng dào shuō huà shēng yǐ wéi yǒu shén me rén lái le jiù cháo wài wàng le wàng dāng
听到说话声，以为有什么人来了，就朝外望了望。当

tā kàn jiàn yī zhī há ma dūn zài zì jǐ hái zi páng biān shí gǎn jǐn ná zhe yī
她看见一只蛤蟆蹲在自己孩子旁边时，赶紧拿着一

gēn gùn zi pǎo chū lái bǎ há ma dǎ sǐ le
根棍子跑出来，把蛤蟆打死了。

cóng cǐ xiǎo hái de shēn shang qǐ le yī zhǒng
从此，小孩的身上起了一种

biàn huà cóng qián há ma hé tā yī qǐ chī shí
变化。从前，蛤蟆和他一起吃时，

tā zhǎng de yòu gāo yòu zhuàng kě shì xiàn
他长得又高又壮，可是现

zài tā liǎn shang méi yǒu le hóng
在，他脸上没有了红

rùn rén yě shòu le méi guò
润，人也瘦了。没过

duō jiǔ tā jiù tǎng zài zì jǐ
多久，他就躺在自己

de xiǎo chuáng shang sǐ qù le
的小床上死去了。

小童话中的大启迪

xiǎo há ma sǐ le kě ài de xiǎo hái yě sǐ le rú guǒ mǔ qīn méi yǒu jǔ qǐ tā shǒu
小蛤蟆死了，可爱的小孩也死了。如果母亲没有举起她手

li de gùn zi xiǎo hái hé há ma hái shì yī qǐ hē zhe xiāng xiāng de niú nǎi nà yī qiè shì duō me měi miào
里的棍子，小孩和蛤蟆还是一起喝着香香的牛奶，那一切是多么美妙。

suǒ yǐ qǐng bǎo chí yī kē shàn liáng bó ài de xīn ba wú lùn shì xiǎo xiǎo de kūn chóng hái shì róu ruò de
所以，请保持一颗善良、博爱的心吧。无论是小小的昆虫，还是柔弱的

huā cǎo dōu qǐng shàn dài tā men yīn wèi tā men yě yī yàng shì shēng mìng dāng nǐ shāng hài tā men
花草，都请善待它们，因为它们也一样是生命。当你伤害它们

de shí hou nǐ xiǎng xiàng bù dào zhè kě néng huì zào chéng duō dà de zuì guo
的时候，你想象不到这可能会造成多大的罪过。

nǐ píng cháng tīng mā ma de huà ma
你平常听妈妈的话吗？

gù zhi de hái zi
13. 固执的孩子

cóng qián yǒu yī ge hái zi tā tè bié gù zhi zǒng shì bù ài tīng huà
从前有一个孩子，他特别固执，总是不爱听话。

mǔ qīn ràng tā zuò de shì tā piān piān bù zuò bǐ rú zǎo shang qǐ lái mǔ
母亲让他做的事，他偏偏不做。比如，早上起来，母

qīn jiào tā chuān yī fu tā què yī ge jìnr de wán jiù shì bù kěn chuān dào
亲叫他穿衣服，他却一个劲儿地玩，就是不肯穿。到

chī fàn de shí hou tā yòu bǎ fàn hán zài zuǐ li bù kěn tūn jìn qù rú guǒ
吃饭的时候，他又把饭含在嘴里，不肯吞进去，如果

mǔ qīn jiào tā kuài diǎn bǎ fàn chī le tā hái huì bǎ fàn tǔ chū lái děng tā
母亲叫他快点把饭吃了，他还会把饭吐出来。等他

shàng xué huí lái mǔ qīn ràng tā xiān bǎ zuò yè xiě le tā què bǎ shū bāo yī
上学回来，母亲让他先把作业写了，他却把书包一

diū yī ge jìnr de wán a wán zhí wán dào tiān dōu hēi le tā wǎng chuáng
丢，一个劲儿地玩啊玩，直玩到天都黑了，他往 床

shang yī tǎng jiù yào shuì jiào le mǔ qīn yào tā xǐ xi liǎn xǐ xi shǒu kě tā
上一躺就要睡觉了。母亲要他洗洗脸洗洗手，可他

piān bǎ xiǎo zāng liǎn wǎng bèi zi shang cèng
偏把小脏脸往被子上蹭。

zhè yàng lián shàng
这样，连上

dì dōu hěn bù xǐ huan
帝都很不喜欢

tā ràng tā shēng le
他，让他生了

bìng ér qiě wú lùn shén
病，而且无论什

me míng yī yě zhì bù hǎo
么名医也治不好

他。没多久，他就躺在小床上死了。

由于他只是个小孩，因此没有棺材，而是被直接埋在土里。可当人们往他尸体上培土时，

他的小胳膊忽然伸出来，高高地竖着。人们把它按倒放进去，再用新土盖上，可胳膊又会再伸出来。母亲不得不亲自来到墓地，用树枝抽打那只小胳膊，打了一阵后，小胳膊才缩了回去。母亲歇息下来，哀叹道："唉，这固执的孩子。"从此，这孩子在地下才安静了。

小童话中的大启迪

小朋友们现在知道，不听长辈的话是一种多么不好的行为了吧？这不仅会为别人带来麻烦，对自己也没有任何好处。我们的长辈比我们有更丰富的人生经验，对于他们善意的指导，我们应该认真地听取，这样才能在人生路上 少犯错误、少走弯路。

méi yǒu shén me shì shì jiè shang zuì hǎo de　　duì yú wǒ men měi yī ge bù tóng de rén lái shuō
没有什么是世界上最好的。对于我们每一个不同的人来说，

shì hé de jiù shì zuì hǎo de
适合的就是最好的。

guó wáng de huā
14. 国王的花

cóng qián yǒu yī ge guó wáng　　tā yāo qiú zì jǐ de měi yī jiàn dōng xi dōu
从前有一个国王，他要求自己的每一件东西都

yào bǐ rèn hé rén de gèng dà　gèng hǎo　　tā jū zhù zài yī ge hěn dà de gōng
要比任何人的更大、更好。他居住在一个很大的宫

diàn li　　tā dài zhe hěn dà de　　dàn shí jì shang hěn bù shū fu de wáng guān
殿里；他戴着很大的，但实际上很不舒服的王冠；

tā shuì zài yī zhāng jù dà de chuáng shang　　pá shàng pá xià yào shǐ yòng yī jià tī
他睡在一张巨大的床上，爬上爬下要使用一架梯

zi　　tā de yá shuā děi yào liǎng ge rén cái néng bān de dòng　　tā nà jù dà de
子。他的牙刷得要两个人才能搬得动。他那巨大的

cān jù yòng shéng zi hé huá lún xuán guà zài tiān huā bǎn shang　shǐ yòng qǐ lái tè bié
餐具用绳子和滑轮悬挂在天花板上，使用起来特别

kùn nan　　jiù lián yá yī wèi tā zhǔn bèi de qián zi yě dōu wú bǐ jù dà
困难。就连牙医为他准备的钳子也都无比巨大。

yǒu yī tiān　　guó wáng mìng lìng shì cóng men jiàn zào yī ge zuì dà de huā pén
有一天，国王命令侍从们建造一个最大的花盆，

zài zhōng yāng zhòng shàng yī zhī yù jīn xiāng qiú jīng　　guó wáng
在中央种上一只郁金香球茎。国王

shuō　　zài zhè me dà de huā
说："在这么大的花

pén li kāi chū de yù jīn xiāng
盆里开出的郁金香，

yī dìng huì shì shì jiè zuì dà hé
一定会是世界最大和

zuì hǎo de yù jīn xiāng
最好的郁金香。"

每天早晨，国王都要爬上大花盆去看郁金香有没有长大，但郁金香始终还是老样子。国王的园丁只好安慰他说："世界上最大和最好的花，生长期要比普通的花更长。"

最后，在春天里的一个早晨，国王又爬上花盆，一朵红色的郁金香已经平静地开放在花盆中间。国王看了很长时间，觉得它并不大——但非常美丽。"也许，最大的不一定是最好的。"国王说，"是的，我不可能使它成为世界上最大的花。这是大自然的造化，不过，也许这样更好。"

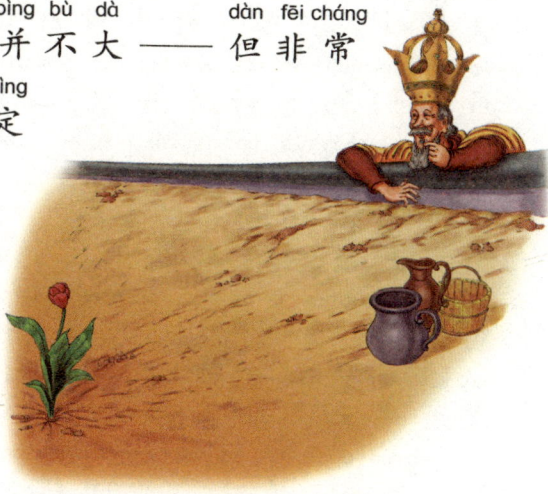

小童话中的大启迪

国王什么都想要最大的、最好的，可大自然的造化让他了解到最大的不一定就是最好的。其实很多时候我们也会犯这样的毛病，事事费尽心机，总想达到极致，殊不知最大最好的不一定适合你，而只有适合你的对你来说才是最好的，因此说自然就是美。

měi dāng jǔ xíng shēng qí yí shì de shí hou kàn zhe shēng qǐ de guó qí tīng zhe jī áng de guó
每当举行升旗仪式的时候，看着升起的国旗，听着激昂的国
gē nǐ xīn li yǒu shén me gǎn shòu ne
歌，你心里有什么感受呢？

hǎi bào qī zi
15. 海豹妻子

cóng qián   yǒu yī ge jiào gǔ dé màn de dān shēn hàn   dāng tā zài hǎi biān
从前，有一个叫古德曼的单身汉，当他在海边
sàn bù shí kàn jiàn yī qún chì shēn luǒ tǐ de hǎi bào rén zài hǎi shuǐ zhōng xī xì
散步时，看见一群赤身裸体的海豹人在海水中嬉戏，
ér tā men tuō xià de hǎi bào pí zhèng liàng shài zài hǎi wān de yán shí shang   gǔ
而他们脱下的海豹皮正晾晒在海湾的岩石上。古
dé màn niè shǒu niè jiǎo de zǒu guò qù   qiāo qiāo de ná zǒu le yī zhāng hǎi bào pí
德曼蹑手蹑脚地走过去，悄悄地拿走了一张海豹皮。
yī kàn dào yǒu rén guò lái le   hǎi bào rén biàn fēn fēn zhuā qǐ zì jǐ de hǎi
一看到有人过来了，海豹人便纷纷抓起自己的海
bào pí wǎng hǎi li yóu qù   zhǐ yǒu nà ge bèi gǔ dé màn ná zǒu máo pí de nǚ hái
豹皮，往海里游去，只有那个被古德曼拿走毛皮的女孩
méi yǒu lí qù   tā kǔ kǔ āi qiú gǔ dé màn bǎ máo pí huán gěi tā   yīn wèi méi
没有离去。她苦苦哀求古德曼把毛皮还给她，因为没
yǒu le máo pí tā jiù bù néng huí dào dà hǎi qù le   kě shì
有了毛皮，她就不能回到大海去了。可是，
gǔ dé màn cǐ shí yǐ jīng ài shàng le zhè ge nǚ hái   jiān jué
古德曼此时已经爱上了这个女孩，坚决
bù guī huán hǎi bào pí   bìng zuì zhōng shuō fú tā liú xià
不归还海豹皮，并最终说服她留下，
zuò le tā de qī zi
做了他的妻子。

shí jiān màn màn guò qù   zhè wèi
时间慢慢过去，这位
lái zì hǎi yáng de nǚ hái wèi tā de
来自海洋的女孩为她的

丈夫生了七个孩子。当她独自在家的时候，她总会寻找海豹皮。有一天，她又搜寻起来。当女儿知道她要找一张海豹皮时，马上说："有一次我看见爸爸从墙壁和天花板之间的空隙里把它拿出来过。"

她赶快找到那个地方，拿出她失落已久的毛皮。她哭着吻别了小女儿，跑向海边，穿上海豹皮，潜入了海里。在古德曼驾船回家的途中，一只海豹围着他的船依依不舍地游了三圈才离去，这是他的妻子在向他告别啊。

小童话中的大启迪

为什么这位海豹妻子一定要找她的海豹皮呢？为什么她要离开丈夫、离开孩子，回到海洋呢？那是因为她对海洋、对家族的爱超过了对个人的、家庭的爱。要知道，我们不仅是自己小家庭中的一员，也是社会和祖国这个大家庭中的一员，小朋友们从小就应该培养起热爱祖国的感情。

rú guǒ yǒu yī dào shù xué tí nǐ zěn me jiě yě jiě bù kāi nà huì shì shén me yuán yīn ne
如果有一道数学题，你怎么解也解不开，那会是什么原因呢？

hào wèn de hái zi
16. 好问的孩子

cóng qián yǒu zhè me yī ge hái zi tā zǒng shì yī lián wèn chū hǎo duō hǎo
从前有这么一个孩子，他总是一连问出好多好

duō wèn tí ér qiě dōu shì xiē nán yǐ huí dá de wèn tí bǐ rú tā huì zhè
多问题，而且都是些难以回答的问题。比如，他会这

yàng wèn wèi shén me chōu ti yǒu zhuō zi rén men qiáo zhe tā rán hòu kě
样问："为什么抽屉有桌子？"人们瞧着他，然后可

néng zhè yàng huí dá è chōu ti shì yòng lái fàng dāo chā děng cān jù de
能这样回答："呃，抽屉是用来放刀、叉等餐具的。"

kě nà hái zi mǎ shàng huì shuō wǒ zhī dào tā shì gàn má shǐ de dàn jiù shì
可那孩子马上会说："我知道它是干吗使的，但就是

bù zhī dào chōu ti wèi shén me yǒu zhuō zi jiù zhè yàng duì tā tí chū de nà
不知道抽屉为什么有桌子？"就这样，对他提出的那

xiē wèn tí a xiàng shén me wèi shén me wěi bā yǒu yú wèi shén me hú zi
些问题啊，像什么"为什么尾巴有鱼"、"为什么胡子

yǒu māo děng děng rén men zhǐ hǎo yáo yao tóu wú nài de zǒu kāi le
有猫"等等，人们只好摇摇头，无奈地走开了。

zhè ge hái zi zhǎng dà hòu hái shì
这个孩子长大后，还是

bù duàn xiàng zhōu wéi de rén wèn zhè wèn nà
不断向周围的人问这问那。

kě méi yǒu rén huí dá tā de wèn tí tā
可没有人回答他的问题，他

zhǐ hǎo dāi zài zì jǐ de xiǎo wū li bù
只好待在自己的小屋里，不

duàn de xiǎng wèn tí rán hòu bǎ tā men
断地想问题，然后把它们

xiě zài běn zi shang zì jǐ fǎn fǎn fù fù
写在本子上，自己反反复复

思考着答案。但是什么答案也没有找到。

比如他在本子里写道:"为什么影子有一棵松树?为什么云彩不写信?为什么邮票不喝啤酒?"因为写问题写得太多了,他的头开始痛起来,但他没有把这放在心上。胡子长得老长了,他也不刮一刮,反而自己问自己:"为什么胡子有脸呢?"

当他死了后,一个很有学问的人对他作了一番仔细的调查,发现这个人从小就习惯于反穿袜子,几乎没有一次穿对过。这样的人当然不可能学会正确地提问题了。

小童话中的大启迪

如果说桌子为什么有抽屉,人人都会回答,但谁知道抽屉为什么有桌子呢。这个孩子不能提出正确的问题,因此永远也找不到答案。我们做事情也是一样,如果一开始的方向、方法就是错误的,那就难以获得成功。

你想过自己将来要做什么吗？你是否想过如何实现这个目标？

17. 和巨人比赛吃东西

从前，有个叫灰小子的年轻人，他家里很穷，欠了很多债。有一天，灰小子准备了一块奶酪，走进森林砍树。他刚举起斧头，就有一个巨人扑到他面前，吼叫道："这是我的森林，如果你敢砍这些树，我就杀了你！"灰小子强作镇定，说："抓好你的鼻子，不然我会拧得你无法呼吸，就像从石头里榨出水一样。"说完灰小子从腰间的皮囊里拿出奶酪，轻轻一捏，乳浆喷了出来。

巨人不怎么聪明，以为那奶酪是白色的石头，吓坏了，再不敢得罪这个"力大无穷"的人。他还把灰小子

请到家，煮了一大锅粥请他吃。灰小子说："我们来比赛，看谁吃得多。"巨人同意了，他拿起一个大汤勺，拼命往嘴里灌粥。灰小子也拿了个大汤勺，但他把粥全倒进了腰间的皮囊里。

最后，巨人说："我太饱了，吃不下了。"灰小子说："我也是，要不我们把粥弄出来些吧！"说完他拿起刀子，割破了皮囊。巨人眼看着粥都流了出来，惊讶极了，问："不会痛吗？"灰小子说："一点也不痛，你可以试试看。"愚笨的巨人拿刀刺向肚皮，结果却把自己杀死了。

小童话中的大启迪

灰小子镇定机智，从喝粥开始即设下巧计，将凶恶愚笨的巨人一步步引向灭亡。聪明的人就是这样，做事情不是只考虑当下，而是从长远着眼，通盘考虑，将事情发展的每一步都掌握在控制之中，这样自然是稳操胜券、游刃有余。

dāng nǐ zài zhǐ zé bié rén fàn cuò wù de shí hou xiǎng yī xiǎng zì jǐ shì fǒu yě fàn le tóng
当你在指责别人犯错误的时候,想一想,自己是否也犯了同

yàng de cuò wù ne
样的错误呢?

héng xíng de xiǎo páng xiè
18. 横行的小螃蟹

hěn jiǔ hěn jiǔ yǐ qián zài
很久很久以前,在
wèi lán de dà hǎi biān zhù zhe yī
蔚蓝的大海边,住着一
zhī kě ài de xiǎo páng xiè hé tā de
只可爱的小螃蟹和他的
mā ma yǒu yī tiān páng xiè mā
妈妈。有一天,螃蟹妈
ma dài zhe ér zi dào hǎi tān shang sàn
妈带着儿子到海滩上散
bù xiǎo páng xiè zài shā tān shang wán shā zi mā mā zé zài yī páng yī biān zhǎo
步。小螃蟹在沙滩上玩沙子,妈妈则在一旁一边找
shí wù yī biān bù shí de wàng yī yǎn ér zi pà tā yù dào yì wài
食物,一边不时地望一眼儿子,怕他遇到意外。

tū rán mā ma fā xiàn ér zi zǒu lù de zī shì bù duì tā zěn me cè
突然,妈妈发现儿子走路的姿势不对,他怎么侧
zhe zǒu ne yú shì mā ma zǒu jìn xiǎo páng xiè duì tā shuō ér zi wǒ
着走呢?于是,妈妈走近小螃蟹,对他说:"儿子,我
zhù yì dào nǐ zài hǎi tān shang zǒu dòng shí zǒng shì cè zhe zǒu tīng zhe ér
注意到你在海滩上走动时,总是侧着走。听着,儿
zi nǐ zhè yàng zǒu lù de yàng zi kě bù hǎo kàn you nǐ bì xū zhí zhe zǒu
子,你这样走路的样子可不好看呦!你必须直着走,
jì zhù le ma
记住了吗?"

tīng le mā ma de huà xiǎo páng xiè gǎn dào hěn kùn huò tā wāi zhe nǎo
听了妈妈的话,小螃蟹感到很困惑。他歪着脑

袋想了一阵，又自己试着走了几步，可还是没法一直往前走。于是，小螃蟹便对妈妈说："妈妈，您先给我示范一下

怎么直着往前走，我一定跟着您好好地学。"

妈妈毫不犹豫地答应了，她认为这很容易做到。于是，她摆好了姿势，准备在儿子面前好好地表演一番。可是她一连试了好几次都没成功，最后她意识到了，她根本就没法直着走。

事实上，所有的螃蟹都是侧着走路的。现在，螃蟹妈妈也明白了这个道理，所以她再也不要求小螃蟹直着走路了。

小童话中的大启迪

螃蟹妈妈自己不能直着走，所以她也不再要求小螃蟹了。如果你想纠正别人的错误，你自己必须先要树立一个正确的榜样。可很多人总是把别人的缺点看得很清楚，对自己身上的错误却视而不见，如果不能以身作则，你的建议再好，也不会被别人接受。

jīn nián de mǔ qīn jié shì nǎ yī tiān　　xiǎo péng yǒu yǒu méi yǒu xiǎng guò zài mǔ qīn jié de shí hou
今年的母亲节是哪一天？小朋友有没有想过在母亲节的时候

zì jǐ zuò yī yàng lǐ wù sòng gěi mā ma
自己做一样礼物送给妈妈？

hóng shí zhú huā
19.红石竹花

měi nián wǔ yuè de dì èr ge xīng qī tiān　　shì mā ma men de jié rì
每年五月的第二个星期天，是妈妈们的节日。

xiǎo gū niang shǒu li zuàn zhe zì jǐ zǎn de líng yòng qián lái dào le huā diàn　xiǎng sòng
小姑娘手里攥着自己攒的零用钱来到了花店，想送

gěi xīn ài de mā ma yī dà shù hóng shí zhú huā
给心爱的妈妈一大束红石竹花。

kě shì　　yī jìn wǔ yuè　hóng shí zhú huā de jià qián jiù fēi zhǎng qǐ lái
可是，一进五月，红石竹花的价钱就飞涨起来，

děng dào le mā ma de jié rì zhè tiān　　jià gé gèng
等到了妈妈的节日这天，价格更

shì gāo de xià rén　xiǎo gū niang shǒu li de
是高得吓人。小姑娘手里的

qián　zhǐ gòu mǎi yī zhī hóng shí zhú huā
钱，只够买一支红石竹花。

bǎi zài hóng shí zhú huā páng biān de bái shí
摆在红石竹花旁边的白石

zhú huā jià qián dào hěn pián yi　kě méi yǒu yī
竹花价钱倒很便宜，可没有一

ge hái zi mǎi tā　yīn wèi zhǐ yǒu mǔ qīn lí
个孩子买它。因为只有母亲离

qù le　wèi le jì tuō āi sī cái huì mǎi bái huā
去了，为了寄托哀思才会买白花。

xiǎo gū niang kǎo lù le hěn jiǔ　zuì hòu
小姑娘考虑了很久，最后

hái shì jué dìng mǎi hěn pián yi hěn pián yi de bái
还是决定买很便宜很便宜的白

石竹花。她把这一大束白石竹花，放到了一个红墨水瓶里，藏在了妈妈看不见的地方。

刚毅而又慈祥的白石竹花，什么颜色都能吸收，它似乎像妈妈一样，什么事情都自己承担下来，甚至很理解孩子的痛苦。白石竹花拼命地吮吸着红墨水，就连孩子隐藏着的买白石竹花这样秘密的心情也吸了进去。最后，白石竹花变成了生机勃勃的红石竹花，它们成为了母亲在节日里收到的最美的礼物。

小童话中的大启迪

妈妈很爱我们，我们也应该表达对妈妈的爱呀。故事里的小姑娘虽然没有足够的钱，可她凭着对妈妈的爱，送出了一份漂亮的礼物。其实，在你对他人表示善心和爱意的时候，即使表达得不是很完美，也是会得到理解和感谢的。毕竟，真正可贵的是你的这份爱心啊。

zài sǎo luò yè de shí hou　fēng zǒng bǎ yè zi chuī de luàn qī bā zāo de　gāi zěn yàng zuò cái

在扫落叶的时候，风总把叶子吹得乱七八糟的，该怎样做才

néng ràng tǎo yàn de qiū fēng chéng wéi nǐ de hǎo bāng shou ne

能让讨厌的秋风成为你的好帮手呢？

hú li de mán tou
20. 狐狸的馒头

cóng qián　　yǒu yī ge cōng míng de hái zi　　jiào yàn yī　　zài tā jiā de

从前，有一个聪明的孩子，叫彦一。在他家的

hòu shān shang　zhù zhe yī zhī hú li　　hú li hěn tǎo yàn yàn yī　　zǒng shì xiǎng zhe

后山上，住着一只狐狸，狐狸很讨厌彦一，总是想着

fǎ zi hé yàn yī zuò duì　　bǐ rú yǒu yī cì　　hú li zài yàn yī jiā de tián

法子和彦一作对。比如有一次，狐狸在彦一家的田

li rēng le hǎo duō shí kuài　　yàn yī kàn jiàn hòu　　gù yì shuō shí tou shì dì li

里扔了好多石块。彦一看见后，故意说石头是地里

de hǎo féi liào　　rú guǒ rēng de shì mǎ fèn kě jiù zāo le　　shǎ shǎ de hú li

的好肥料，如果扔的是马粪可就糟了。傻傻的狐狸

tīng dào hòu　　fèi le hǎo dà jìn bǎ shí tou jiǎn zǒu　　yòu bǎ mǎ fèn rēng le yī

听到后，费了好大劲把石头捡走，又把马粪扔了一

dì　　yǒu le zhè xiē mǎ fèn a　　yàn yī zhòng de gǔ zi　　yù mǐ　huáng guā

地。有了这些马粪啊，彦一种的谷子、玉米、黄瓜、

qié zi zhǎng de dōu fēi cháng hǎo

茄子长得都非常好。

yòu yǒu yī cì　　hú li pǎo dào yàn yī jiā mén qián　　wèn tā　　shì jiè

又有一次，狐狸跑到彦一家门前，问他："世界

shang shén me dōng xi nǐ zuì hài pà

上什么东西你最害怕？"

yàn yī zhuāng zuò wéi nán de yàng zi

彦一装作为难的样子，

shuō　　zhè ge ma

说："这个嘛，

shuō le nǐ yě bù xìn

说了你也不信，

别人都喜欢的东西我最害怕。"狐狸很好奇，拼命问："嘿，那是啥啊？说给我听吧！"彦一一本正经地说："我最害怕的是馒头，只要一看它就害怕得浑身发抖！"

狐狸一听这话，飞也似的跑了，不一会儿，他买回很多馒头，噼里啪啦地往彦一的屋里扔，边扔边说："彦一！这个怎么样？这个怎么样？"

"哎哟！狐狸啊，我可害怕啊，害怕啊！"彦一边喊一边接住那些馒头，津津有味地吃起来。狐狸本来想看看彦一发抖的样子的，谁知看到的是这个情景，气得转身就跑了。

小童话中的大启迪

狐狸徒劳无益，彦一却受益匪浅。事情之所以会发生戏剧性的转变，是因为彦一充分抓住了狐狸的心理，加以利用，化不利为有利，将捣乱的狐狸变成了他的"好帮手"。其实，无论是面对敌人，还是面对困难，我们只要掌握了对方的特点，就能让事物朝着有利于自己的方向发展。

rú guǒ bà ba mā ma huò zhě lǎo shī wù jiě le nǐ nǐ gāi zěn me bàn
如果爸爸、妈妈或者老师误解了你，你该怎么办？

hú li hé mǎ
21. 狐 狸 和 马

yǒu yī pǐ zhōng shí de mǎ tā lǎo le zhǔ rén duì tā shuō wǒ zài
有一匹忠实的马，他老了。主人对他说："我再

yě bù xū yào nǐ le nǐ zǒu ba bù guò rú guǒ nǐ néng gěi wǒ dài lái yī
也不需要你了，你走吧。不过，如果你能给我带来一

tóu shī zi yǐ zhèng míng nǐ zú gòu qiáng zhuàng wǒ jiù liú xià nǐ
头狮子，以证明你足够强壮，我就留下你。"

mǎ yōu shāng de zǒu jìn sēn lín zài nà lǐ tā yù dào le yī zhī hú
马忧伤地走进森林，在那里，它遇到了一只狐

li hú li zhī dào tā de zāo yù hòu jiù shuō bié dān xīn wǒ yǒu bàn
狸。狐狸知道他的遭遇后，就说："别担心，我有办

fǎ tā ràng mǎ tǎng zài dì shang zhuāng sǐ zì jǐ zé pǎo dào shī zi jiā li
法。"他让马躺在地上装死，自己则跑到狮子家里，

duì shī zi shuō shī zi dà wáng lù shang tǎng zhe yī pǐ sǐ mǎ zhè kě shì
对狮子说："狮子大王，路上躺着一匹死马，这可是

yī dùn bù cuò de wǔ cān li shī zi hěn gāo xìng gēn zhe hú li lái dào le
一顿不错的午餐哩。"狮子很高兴，跟着狐狸来到了

mǎ tǎng de dì fang hú li
马躺的地方。狐狸

yòu shuō zài zhè lǐ chī
又说："在这里吃

duō bù shū fu bù rú xiān
多不舒服，不如先

ràng wǒ bǎ tā de wěi ba
让我把他的尾巴

bǎng zài nín shēn shang nín kě
绑在您身上，您可

yǐ bǎ tā tuō huí jiā qù màn
以把他拖回家去慢

慢享用。"狮子同意了，他一动不动地站在那儿，让狐狸把马尾绑在自己身上。

狐狸用马尾巴在狮子的腿上绕过来、系过去，绑得严严实实的。

然后他拍拍马的肩膀，说："拉吧，老马！"那匹马跳起来，拖着狮子就走。

狮子知道上当了，开始吼叫起来，但老马随便他怎么叫，只管拉着他、拖着他，穿过田野，来到自己主人家的门前。

主人一见这情景，便改变了初衷。他留下了老马，一直供养他到死去。

小童话中的大启迪

马辛勤地为主人工作，可当他老时，却遭到了主人无情的抛弃。有时候我们也可能会遇到不公正的待遇，但我们不能因此就消沉失落、否定自己的价值，而是应该相信自己，并努力改变别人错误的看法。

xiǎo péng yǒu men měi jié kè dōu rèn zhēn tīng jiǎng le ma   hái shì jué de nèi róng tǐng jiǎn dān   zì jǐ
小朋友们每节课都认真听讲了吗，还是觉得内容挺简单，自己

yǐ jīng zhǎng wò le bù shǎo běn lǐng   méi shén me hǎo xué de
已经掌握了不少本领，没什么好学的？

hú li hé māo
22. 狐狸和猫

yī zhī māo zài sēn lín li yù dào yī zhī hú li   māo yǒu hǎo de xiàng hú
一只猫在森林里遇到一只狐狸。猫友好地向狐

li dǎ zhāo hu shuō   zǎo shang hǎo   zūn jìng de hú li xiān sheng   nín jìn lái hǎo
狸打招呼说："早上好，尊敬的狐狸先生！您近来好

ma   zuì jìn rì zi tǐng jiān nán de   nín shì zěn me guò lái de   hú li fēi
吗？最近日子挺艰难的，您是怎么过来的？"狐狸非

cháng kàn bu qǐ māo   jiāng tā cóng tóu dào jiǎo de dǎ liang le yī fān   rán hòu shuō
常看不起猫，将他从头到脚地打量了一番，然后说：

nǐ zhè ge zhǐ huì zhuō lǎo shǔ de shǎ guā   yǒu shén me zī gé wèn wǒ guò de zěn
"你这个只会捉老鼠的傻瓜，有什么资格问我过得怎

me yàng   nǐ xué guò shén me   nǐ yǒu duō shao běn lǐng
么样？你学过什么，你有多少本领？"

māo qiān xū de huí dá shuō   wǒ zhǐ yǒu
猫谦虚地回答说："我只有

yī zhǒng běn lǐng   jiù shì rú guǒ gǒu zhuī wǒ   wǒ
一种本领，就是如果狗追我，我

huì pá dào shù shang cáng qǐ lái bǎo hù zì
会爬到树上，藏起来保护自

jǐ   hú li tīng le bù
己。"狐狸听了不

xiè de shuō   jiù zhè běn
屑地说："就这本

shi   nǐ zhēn ràng wǒ jué
事？你真让我觉

de kě lián   wǒ kě shì
得可怜。我可是

掌握了上百种本领，而且还有满满一袋子计谋"。

就在这时，猎人带着四条狗走近了。猫敏捷地蹿到一棵树上，在树顶蹲伏下来，茂密的枝桠和树叶把他遮挡得严严实实。

"快打开你的计谋口袋，狐狸先生，快打开呀！"猫冲着狐狸大叫。可是猎狗们已经咬住了狐狸，把他咬得紧紧的。猫遗憾地说："唉，狐狸先生，你的千百种本领就这么给扔掉了！假如你能像我一样爬上来，就不至于丢了性命！"

小童话中的大启迪

狐狸吹嘘自己有上百种本领、一袋子计谋，可真碰上危难时一样也没使出来；猫虽然只有一种本领，却在关键时刻派上了用场。所以，光会吹牛是没有用的，我们一定要扎扎实实地学好知识、练好本领，这样哪怕是只有一样，也是我们受用不尽的财富。

rú guǒ pèng dào yī jiàn kě pà de shì   nǐ shì tōu tōu de duǒ qǐ lái   hái shì yǒng gǎn de qù
如果碰到一件可怕的事，你是偷偷地躲起来，还是勇敢地去

miàn duì
面对？

huì fēi de tóu
23. 会飞的头

hěn jiǔ yǐ qián   yǒu yī ge kě pà de yāo guài   nà shì yī kē hěn dà
很久以前，有一个可怕的妖怪。那是一颗很大

de tóu   méi yǒu shēn tǐ   liǎn jiá shang zhǎng zhe chì bǎng   bǐ zuì gāo de rén hái
的头，没有身体，脸颊上长着翅膀，比最高的人还

yào dà sì bèi   tā néng fēi dào kōng zhōng   zài pū xià lái   yòng tā kě pà de jiān
要大四倍。他能飞到空中，再扑下来，用他可怕的尖

yá zhuā zhù kě lián de rén   rán hòu yóu zhe tā de xìng zi bǎi bù   zhé mó tā men
牙抓住可怜的人，然后由着他的性子摆布、折磨他们。

yǒu yī tiān wǎn shang   zhè ge huì fēi de tóu yòu chū lái zuò è le   hǎo
有一天晚上，这个会飞的头又出来作恶了。好

duō rén yīn wèi hài pà tā   dōu duǒ le qǐ lái   zhǐ yǒu yī ge shào fù bào zhe tā
多人因为害怕他，都躲了起来，只有一个少妇抱着她

de bǎo bǎo hái zuò zài bù zú de jù huì suǒ li   tā shuō   wǒ men bù néng ràng
的宝宝还坐在部族的聚会所里，她说："我们不能让

hái zi huó zài duì yāo guài de
孩子活在对妖怪的

kǒng jù li   zǒng děi
恐惧里，总得

yǒu rén zhàn chū lái
有人站出来。"

dāng huì fēi de tóu chū
当会飞的头出

xiàn zài jù huì suǒ mén qián shí
现在聚会所门前时，

nǚ rén jiù jiǎ zhuāng máng
女人就假装忙

zhe zhǔ fàn　　hái yòng dà mù sháo bǎ　yòu hóng
着煮饭，还用大木勺把又红

yòu rè de shí tou ná dào miàn qián　yī biān
又热的石头拿到面前，一边

dòng zhe zuǐ chún yī biān shuō　　zhè ròu zhēn
动着嘴唇一边说："这肉真

hǎo chī　　huì fēi de tóu méi yǒu kàn dào
好吃！"会飞的头没有看到

tā bǎ shí tou dōu wǎng hòu diū le　bìng méi
她把石头都往后丢了，并没

yǒu chī xià qù　hái yǐ wéi nà zhēn shì měi wèi de dà ròu kuài ne　yú shì tā
有吃下去，还以为那真是美味的大肉块呢！于是它

chōng guò qù　yī kǒu jiù tūn diào le dà guō li suǒ yǒu de shí tou　gǔn tàng de
冲过去，一口就吞掉了大锅里所有的石头。滚烫的

shí tou shāo zháo le tā de hóu lóng　yāo guài jiān jiào zhe táo pǎo le
石头烧着了他的喉咙。妖怪尖叫着逃跑了。

dāng yāo guài táo zǒu yǐ hòu　rén men jiù fēn fēn cóng duǒ cáng de dì fang chū
当妖怪逃走以后，人们就纷纷从躲藏的地方出

lái　huí dào le jù huì suǒ li　zài nà li　tā men kàn dào yǒng gǎn de shào fù
来，回到了聚会所里。在那里，他们看到勇敢的少妇

zhèng ān jìng de wèi zhe tā de bǎo bǎo　cóng cǐ　zhè ge kě pà de huì fēi de
正安静地喂着她的宝宝。从此，这个可怕的会飞的

tóu zài yě méi yǒu chū xiàn guò
头再也没有出现过。

小童话中的大启迪

zhè zhēn shì yī ge yǒng gǎn de mǔ qīn　dāng rán　tā shēn shang hái yǒu xǔ duō fēi fán de pǐn zhì
这真是一个勇敢的母亲！当然，她身上还有许多非凡的品质，

bǐ rú duì hái zi shēn qiè de ài　guò rén de zhì huì děng　dàn zuì lìng rén gǎn dòng de　hái shì tā de yǒng gǎn
比如对孩子深切的爱、过人的智慧等，但最令人感动的，还是她的勇敢。

shì yǒng gǎn　ràng tā néng gòu zhàn chū lái duì fu yāo guài　shì yǒng gǎn　ràng tā néng gòu lín wēi bù luàn　xiǎng chū qiǎo
是勇敢，让她能够站出来对付妖怪；是勇敢，让她能够临危不乱，想出巧

miào de bàn fǎ　xiǎo péng yǒu men cóng xiǎo jiù yīng gāi péi yǎng zì jǐ de yǒng gǎn jīng shén　zhè yàng cái
妙的办法。小朋友们从小就应该培养自己的勇敢精神，这样才

néng zhàn shèng rén shēng lù shang yù dào de gè zhǒng kě pà de kùn nan
能战胜人生路上遇到的各种可怕的困难。

zài nǐ hé tóng xué men qù chūn yóu qiū yóu de shí hou yǒu méi yǒu xiǎng dào guò yào gěi jiā li de

在你和同学们去春游、秋游的时候，有没有想到过要给家里的

bà ba mā ma dài fèn lǐ wù ne

爸爸妈妈带份礼物呢？

lǎo ā dá

24. 老阿达

ā dá hěn lǎo le jìn le yǎng lǎo yuàn tā měi tiān zǎo shang dōu huì zài

阿达很老了，进了养老院。她每天早上都会在

chuāng tái shang fàng yī kuài suì bǐng gān zhè shí hou huì fēi lái yī zhī xiǎo niǎo

窗台上放一块碎饼干，这时候，会飞来一只小鸟，

tā jīn jīn yǒu wèi de chī le bǐng gān rán hòu zài fēi zǒu tóng wū de lǎo tài

它津津有味地吃了饼干，然后再飞走。同屋的老太

tai zǒng shuō nǐ kàn nǐ zhān shén me guāng la tā chī wán jiù fēi le hé

太总说："你看，你沾什么光啦？它吃完就飞了，和

wǒ men de ér nǚ yī yàng cóng lái méi bǎ wǒ men fàng zài xīn shang

我们的儿女一样，从来没把我们放在心上。"

kě shì lǎo ā dá shén me yě bù shuō yī jiù měi tiān zài chuāng

可是老阿达什么也不说，依旧每天在窗

tái shang fàng kuài suì bǐng gān guò le yī duàn shí jiān nà zhī niǎo

台上放块碎饼干。过了一段时间，那只鸟

bǎ tā de xiǎo niǎo yě dài lái le niǎor men měi tiān zǎo shang

把它的小鸟也带来了。鸟儿们每天早上

dōu lái kàn bù jiàn bǐng gān jiù dà shēng jiào huan měi dāng zhè

都来，看不见饼干就大声叫唤。每当这

shí hou ā dá jiù huì gǎn jǐn lā kāi chōu ti tāo chū bǐng

时候，阿达就会赶紧拉开抽屉，掏出饼

gān shuō děng yī huìr děng yī huìr wǒ zhè

干，说："等一会儿，等一会儿！我这

jiù lái gěi nǐ men nòng chī de

就来给你们弄吃的！"

hāi tóng wū de lǎo tài tai dū nang zhe shuō

"咳，"同屋的老太太嘟囔着说，

"如果在窗台上放一块饼干，我们的儿女就能回来，那就好了！说起来，阿达，你的儿女在哪儿呢？"老阿达根本就不知道儿女在什么地方。不过，她也没工夫去想这个，只顾一边弄碎饼干，一边对鸟儿说："来，快吃吧！不然就没有力气飞了。"等鸟儿们吃完了，她就说："走吧，走吧，还等什么？长了翅膀就要飞嘛！"

后来，老阿达死了，她的儿女在事后很久才知道，所以也没有来追悼她。可是，整个冬天，鸟儿们都在窗前飞来飞去。

小童话中的大启迪

老阿达是不是很傻呢，她又老又穷，每天还要拿出一块饼干喂鸟儿，而这些鸟儿连谢谢都不会说。其实，我们的父母都有这一份"傻"劲，他们抚育我们长大，不是为了有所回报，而仅仅是出于无私的爱，只要我们生活幸福，他们就别无所求。可孩子却不能因此而忘了父母的养育之恩啊，那样就连小鸟都不如了。

nǐ yǒu tǎo yàn de rén ma   wèi shén me nǐ huì tǎo yàn tā tā ne
你有讨厌的人吗？为什么你会讨厌他（她）呢？

lǎo guài wù   hé shào nián
25. "老怪物"和少年

cóng qián yǒu ge jiào nà dé de hái zi   tā hěn xiǎng dāng ge xiǎo mù tóng
从前有个叫纳德的孩子，他很想 当个小牧童。
kě měi dāng tā pǎo dào yáng juàn li zhāng wàng shí   mù yáng rén dōu huì yòng hěn nán tīng
可每当他跑到羊圈里张 望时，牧羊人都会用很难听
de huà bǎ tā mà zǒu   jié guǒ tā liǎ chéng le sǐ duì tou   nà dé měi cì kàn
的话把他骂走。结果他俩成了死对头。纳德每次看
dào mù yáng rén   dōu yào jiào tā lǎo guài wu
到牧羊人，都要叫他"老怪物"。

zài yī ge bào fēng xuě de wǎn shang   nà dé zài shān shang mí le lù   bù
在一个暴风雪的晚上，纳德在山 上迷了路。不
jiǔ tā zhuàng zài yī jiān xiǎo cǎo fáng shang mén kāi le   yī ge bù rèn shi de rén
久，他撞在一间小草房上，门开了，一个不认识的人
bǎ tā bào jìn le wū   jiù le tā   nà dé jué de nà
把他抱进了屋，救了他。纳德觉得那
rén de yī shuāng dà yǎn jing jiù xiàng yī duì
人的一双大眼睛就像一对
míng liàng de xīng xing   lìng zhěng gè
明亮的星星，令整个
cǎo fáng dōu chōng mǎn le guāng liàng
草房都充满了光亮。
hòu lái tā shuì zháo le   děng xǐng lái shí
后来他睡着了，等醒来时，
fā xiàn zì jǐ yǐ jīng huí dào jiā mén kǒu le
发现自己已经回到家门口了。

zài zhè tóng yī ge yè wǎn   lǎo guài wu de jiā li yě fā shēng le yī
在这同一个夜晚，"老怪物"的家里也发生了一
jiàn shì dāng shí tā zhèng zài wū li xī yān hū rán tīng dào zhuàng mén shēng dǎ
件事。当时他正在屋里吸烟，忽然听到 撞门声，打

开门一看，有一个陌生的孩子躺在地上。他把孩子抱进屋，为他暖身子，那孩子只是望着他，两只眼睛犹如天空中的一对星星，仿佛把屋子也照得亮堂堂的。后来牧羊人睡着了，等他醒来时，孩子已经不知去向。

有一天，牧羊人和纳德在路上相遇了。他们对视着，望着对方给自己留下深刻记忆的眼睛，他们感觉彼此好像是久别重逢的朋友。这一次，纳德没有再叫牧羊人"老怪物"，牧羊人也没有对他咆哮。

牧羊人要找帮手，他选了纳德。他们成为了朋友。

小童话中的大启迪

小纳德和牧羊人是"死对头"，可他们之间的厌恶、仇恨其实是多么站不住脚啊。很多时候，当我们讨厌一个人的时候可能并不了解他，而只是出于某种固执和偏见，这不仅是对他人的不公正，对自己而言也是关闭了一扇友谊的窗户。其实我们完全可以宽容一些，怀着真诚的感情理解他人，那我们自己的生活也会变得美好。

rú guǒ nǐ yǒu yī cì kǎo shì kǎo de hěn chà shì bù shì jiù duì zì jǐ yī diǎn xìn xīn dōu méi
如果你有一次考试考得很差，是不是就对自己一点信心都没

yǒu le
有了？

lǎo shàng dì hái méi yǒu miè wáng
26. 老上帝还没有灭亡

yǒu yī ge yōu chóu de zhàng fu qióng kùn hé bēi āi bǎ tā yā de chuǎn bù
有一个忧愁的丈夫，穷困和悲哀把他压得喘不

guò qì lái lìng tā yī xiǎng dào wèi lái jiù gǎn dào háo wú chū lù tā de qī
过气来，令他一想到未来就感到毫无出路。他的妻

zi bù guǎn xīn qíng duō me hǎo bù guǎn shuō shén me dōu wú fǎ bāng zhù tā
子，不管心情多么好，不管说什么，都无法帮助他。

zhè tiān zǎo shang píng shí zǒng shì xìng gāo cǎi liè de qī zi yě biàn de bēi
这天早上，平时总是兴高采烈的妻子也变得悲

āi qǐ lái tā zuò zài zǎo cān zhuō páng yī kǒu fàn yě bù chī chóu méi bù
哀起来。她坐在早餐桌旁，一口饭也不吃，愁眉不

zhǎn chén mò wú yǔ hū rán tā shēn shēn
展，沉默无语。忽然，她深深

tàn le kǒu qì duì zhàng fu shuō
叹了口气，对丈夫说：

qīn ài de zuó tiān yè li wǒ
"亲爱的，昨天夜里我

zuò le yī ge mèng wǒ mèng jiàn
做了一个梦。我梦见

lǎo shàng dì sǐ le suǒ yǒu de
老上帝死了，所有的

ān qí'ér dōu péi sòng tā zǒu jìn
安琪儿都陪送他走进

fén mù zhàng fu mǎ shàng shuō
坟墓！"丈夫马上说：

nǐ zěn me huì xiāng xìn zhè yàng huāng
"你怎么会相信这样 荒

唐的梦呢？你难道不知道，上帝是永远不会死的吗？”

妻子的脸上露出了快乐的光芒。她热情地握着丈夫的双手，大声说：“假如老上帝还活着，那我们为什么不相信他，不依赖他呢？他数过我们头上的每一根头发；如果我们落掉一根，他是不会不知道的。他叫田野上长出百合花，他让麻雀有食物吃，难道他会忘了我们吗！”听了这番话，丈夫的心中豁然开朗，长久以来他第一次笑了。

小童话中的大启迪

虔诚、善良的妻子用这个聪明的方法让丈夫恢复了对上帝的信心，使他重新有了依靠。不管上帝是否存在，我们都应该相信，生活的希望是不灭的。看看无忧无虑的花朵和飞鸟，生活原本是这样一种自然又简单的事物，我们为什么要给它加上那么多的烦恼和负担？享受生活吧，精彩的生命在于你的内心。

rú guǒ ràng shù xué lǎo shī lái shàng yǔ wén kè　 yǔ wén lǎo shī lái shàng měi shù kè　 nà huì zěn
如果让数学老师来上语文课，语文老师来上美术课，那会怎
me yàng
么样？

lǎo shǔ niǎo xiāng cháng
27. 老鼠·鸟·香肠

cóng qián　　 yī zhī lǎo shǔ　　 yī zhī xiǎo niǎo hái yǒu　 yī gēn jiān xiāng cháng zhù
从前，一只老鼠、一只小鸟还有一根煎香肠住
zài yī qǐ　 xiǎo niǎo měi tiān fēi dào sēn lín li xián chái　 lǎo shǔ dān shuǐ　 shēng
在一起。小鸟每天飞到森林里衔柴；老鼠担水，生
huǒ　 bù zhì fàn zhuō　 jiān xiāng cháng zé fù zé zuò fàn　 tā men fēn gōng hé zuò
火，布置饭桌；煎香肠则负责做饭。他们分工合作，
hé mù xiāng chǔ　 rì zi guò de hěn yú kuài
和睦相处，日子过得很愉快。

kě shì yǒu yī tiān　 xiǎo niǎo hū rán bù mǎn qǐ lái　 jué de zì jǐ gàn de huó
可是有一天，小鸟忽然不满起来，觉得自己干的活
shì zuì kǔ zuì lèi de　 yú shì tā yāo qiú dà jiā diào huàn yī xià gōng zuò　 tā men
是最苦最累的，于是他要求大家调换一下工作。他们
chōu qiān jué dìng　 yóu jiān xiāng cháng jiǎn chái　 lǎo shǔ zuò fàn　 xiǎo niǎo qù dān shuǐ
抽签决定：由煎香肠捡柴，老鼠做饭，小鸟去担水。

jiān xiāng cháng chū fā le　 kě tā qù le hěn jiǔ dōu
煎香肠出发了，可她去了很久都
méi yǒu huí lái　 xiǎo niǎo fēi chū qù zhǎo tā
没有回来。小鸟飞出去找她。
zài lù shang tā pèng dào yī tiáo gǒu
在路上他碰到一条狗，
gǒu shuō tā yǐ jīng bǎ jiān xiāng
狗说他已经把煎香
cháng tūn jìn le dù zi　 xiǎo
肠吞进了肚子。小
niǎo shāng xīn bù yǐ　 kě shì
鸟伤心不已，可是

yě wú néng wéi lì　　tā xián qǐ chái zhī
也无能为力。他衔起柴枝

huí jiā　　bǎ fā shēng de　yī qiè gào su le
回家,把发生的一切告诉了

lǎo shǔ　tā men fēi cháng bēi tòng　　jué dìng
老鼠。他们非常悲痛,决定

yǐ hòu yào hǎo hāo de zài yī qǐ guò
以后要好好地在一起过。

yú shì　xiǎo niǎo bǎi zhuō zi　lǎo shǔ zuò fàn
于是,小鸟摆桌子,老鼠做饭。

fàn zhǔ de chà bu duō le　　lǎo shǔ
饭煮得差不多了,老鼠

xiǎng xiàng cóng qián jiān xiāng cháng nà yàng　yòng zì jǐ lái tiáo wèi　　tā tiào jìn guō
想像从前煎香肠那样,用自己来调味。他跳进锅

li jiǎo bàn shū cài　kě hái méi děng tā yóu dào guō zhōng jiān　jiù dòng bù liǎo le
里搅拌蔬菜,可还没等他游到锅中间,就动不了了。

xiǎo niǎo guò lái duān cài　bù jiàn le lǎo shǔ　jiù sì chù zhǎo qǐ lái　tā bǎ chái
小鸟过来端菜,不见了老鼠,就四处找起来。他把柴

zhī nòng de dào chù dōu shì　zào li de huǒ bèng chū lái　mǎ shàng bǎ chái shāo zháo le
枝弄得到处都是,灶里的火蹦出来,马上把柴烧着了。

xiǎo niǎo jí máng qù dān shuǐ　dàn bù xiǎo xīn lián tóng mù tǒng yī kuài diào jìn le jǐng li
小鸟急忙去担水,但不小心连同木桶一块掉进了井里。

小童话中的大启迪

lǎo shǔ　xiǎo niǎo hé jiān xiāng cháng fēn gōng hé zuò　gè sī qí zhí　shēng huó guò de hěn yú kuài
老鼠、小鸟和煎香肠分工合作、各司其职,生活过得很愉快。

kě jīng guò xiǎo niǎo de jiǎo huo　yī ge hǎo duān duān de jiā tíng jiù huǐ le　wǒ men rén yě shì zhè yàng　rú guǒ
可经过小鸟的搅和,一个好端端的家庭就毁了。我们人也是这样,如果

lí kāi le shì hé zì jǐ gàn de gōng zuò gǎng wèi　bù jǐn bù néng fā huī zuò yòng　ér qiě hái kě néng zào chéng
离开了适合自己干的工作岗位,不仅不能发挥作用,而且还可能造成

má fan　xiǎo péng yǒu men suī rán xiǎo　yě yīng gāi shí kè zhǎo zhǔn zì jǐ de wèi zhì　zhè yàng
麻烦。小朋友们虽然小,也应该时刻找准自己的位置,这样

cái néng chōng fèn de shí xiàn rén shēng de jià zhí
才能充分地实现人生的价值。

xiǎng yī xiǎng hǎo péng you zuì xī yǐn nǐ de dì fang zài nǎ lǐ
想一想,好朋友最吸引你的地方在哪里?

liàn rén
28. 恋人

yī ge tuó luó duì yī ge qiúr shuō wǒ men lái zuò yī duì liàn rén hǎo
一个陀螺对一个球儿说:"我们来作一对恋人好

bù hǎo qiúr shuō nǐ zěn me huì yǒu zhè yàng de xiǎng fǎ yào zhī dào
不好?"球儿说:"你怎么会有这样的想法?要知道

wǒ kě shì yòng zhēn zhèng de pí zuò de ér qiě wǒ hé yī zhī yàn zi kě yǐ
我可是用真正的皮做的。而且我和一只燕子可以

shuō yǐ jīng dìng le yī bàn de hūn měi dāng wǒ tiào dào kōng zhōng shí tā dōu huì
说已经订了一半的婚,每当我跳到空中时,他都会

bǎ tóu cóng cháo li shēn chū lái duì wǒ shuō nǐ dā ying ma nǐ dā ying ma
把头从巢里伸出来,对我说:'你答应吗?你答应吗?'"

dì èr tiān xiǎo zhǔ rén bǎ qiúr ná chū qù wán tā gāo gāo de fēi
第二天,小主人把球儿拿出去玩。她高高地飞

xiàng kōng zhōng zhǐ shì zuì hòu zǒng yào huí lái kě fēi dào dì jiǔ cì de shí
向空中,只是最后总要回来。可飞到第九次的时

hou qiúr hū rán bù jiàn le zài yě méi yǒu huí lái tā zhǔn shì zài yàn
候,球儿忽然不见了,再也没有回来。"她准是在燕

zi de cháo li gēn yàn zi jié
子的巢里,跟燕子结

hūn le tuó luó xiǎng zhe zhè
婚了。"陀螺想着这

shì yuè fā huái niàn qǐ qiúr duì
事,越发怀念起球儿,对

tā de ài qíng yě gèng shēn le
她的爱情也更深了。

hǎo duō nián jiù zhè yàng guò qù le yǒu yī tiān tuó luó
好多年就这样过去了。有一天,陀螺

de quán shēn bèi tú le yī céng jīn tā chéng le yī ge jīn tuó
的全身被涂了一层金,他成了一个金陀

螺！他转着，转着，可忽然间，他跳得太高，一下子跳进了垃圾桶。

"谢天谢地，总算来了一个有身份的人，可以跟我聊聊天了！"垃圾桶里一个像老苹果似的、奇怪的圆东西瞟了他一眼，说，"我是真正的皮做的，我几乎要跟一只燕子结婚，却落到屋顶的水管里去了，在那儿一待就待了五年，把全身都泡涨了。"陀螺没有吭声，他知道眼前这个奇怪的圆东西就是球儿。

这时，一个小女孩过来倒垃圾，她发现了陀螺。于是，金陀螺又受到人们的注意。从此，他再也不提曾经爱恋的球儿了。

小童话中的大启迪

球儿看重外表，想攀高枝；陀螺对球儿的爱也是如此，一面对现实就被击得粉碎。他们这都不算是真正的爱恋。真正的爱不重外表，不含功利之念，而是心与心纯洁的吸引。只有心灵的吸引，才能经受住岁月风尘的考验。

nǐ xiāng xìn tiān xià yǒu bāo zhì bǎi bìng de líng dān miào yào ma
你相信天下有包治百病的灵丹妙药吗？

lǚ xíng qù
29. 旅行去

cóng qián yǒu gè nián qīng rén chū mén lǚ xíng tā yī lù zǒu yī lù niàn
从前，有个年轻人出门旅行，他一路走一路念

zhe bù duō bù duō bù duō tā lái dào yī huǒ yú fū miàn qián shuō
着："不多，不多，不多。"他来到一伙渔夫面前，说

dào shàng dì bǎo yòu nǐ men bù duō bù duō bù duō yú fū men zhèng
道："上帝保佑你们，不多，不多，不多。"渔夫们正

zài shōu wǎng kàn jiàn dǎ zháo de yú guǒ rán bù duō cāo qǐ gùn zi jiù cháo nián qīng
在收网，看见打着的鱼果然不多，操起棍子就朝年轻

rén dǎ lái mà dào nǐ méi qiáo jiàn
人打来，骂道："你没瞧见

wǒ zhèng dǎ yú ma shuō shén me bù
我正打鱼吗？说什么'不

duō nián qīng rén wèn yīng
多'！"年轻人问应

gāi zěn me shuō yú fū shuō
该怎么说，渔夫说：

nǐ děi shuō yī wǎng dǎ
"你得说：'一网打

jìn yī wǎng dǎ jìn
尽，一网打尽'。"

nián qīng rén lái dào yī ge jiǎo jià páng nàr zhèng yào chǔ jué yī ge zuì
年轻人来到一个绞架旁，那儿正要处决一个罪

fàn tā duì wéi guān de rén shuō zǎo shang hǎo yī wǎng dǎ jìn yī wǎng dǎ
犯。他对围观的人说："早上好！一网打尽，一网打

jìn dà huǒ qì huài le yòu zài tā bèi shang dǎ le jǐ xià bìng gào su tā
尽。"大伙气坏了，又在他背上打了几下，并告诉他：

nǐ yīng gāi shuō yuàn shàng dì bǎo yòu zhè ge kě lián de líng hún
"你应该说：'愿上帝保佑这个可怜的灵魂！'"

后来，他来到一条水沟旁，那里站着个剥皮匠，正在剥一张马皮，他便说："早上好，愿上帝保佑这个可怜的灵魂。"剥皮匠立刻给了他重重一拳，骂道："说什么呢？你得说：'你这僵尸，快躺进沟里吧！'"

倒霉的人最后来到一辆乘满人的马车旁，他嘴里念着："你这僵尸，快躺进沟里吧！"话音刚落，马车就翻进了水沟。车夫气得抡起鞭子，给了他一顿猛抽，痛得他再也不愿出门了。

小童话中的大启迪

这个人多么傻，以为一句话在任何场合都能说，结果吃尽了苦头。要知道世界是不断变化的，要是以不变的思维、不变的行为方式处理千变万化的事物，那势必会处处碰壁。天下没有包治百病的灵丹妙药，我们应该学会具体问题具体分析，懂得变通，这样做起事来才能得心应手。

rú guǒ nǐ xū yào yǔ qí tā xiǎo péng yǒu hé zuò wán chéng lǎo shī jiāo gěi de rèn wù nǐ huì zěn
如果你需要与其他小朋友合作完成老师交给的任务，你会怎

me zuò ne
么做呢？

30. mài gǎn méi kuài hé dòu zi
30. 麦秆、煤块和豆子

yī wèi lǎo tài tai yòng mài gǎn diǎn qǐ lú zi bǎ dòu zi dào jìn guō
一位老太太用麦秆点起炉子，把豆子倒进锅，

zhǔn bèi zhǔ miàn chī yī lì dòu zi chèn tā bù zhù yì cóng guō li bèng dào
准备煮面吃。一粒豆子趁她不注意，从锅里蹦到

le dì shang zài tā páng biān yǒu yī gēn mài gǎn shì gāng cái cóng lǎo tài tai shǒu
了地上，在他旁边有一根麦秆，是刚才从老太太手

zhǐ fèng li liū chū lái de bù yī huìr yī kuài rán shāo de méi tàn yě cóng
指缝里溜出来的。不一会儿，一块燃烧的煤炭也从

lú zi zhōng tiào le chū lái luò zài tā liǎ de páng biān dà jiā jiāo tán qǐ
炉子中跳了出来，落在他俩的旁边。大家交谈起

lái dōu qìng xìng zì jǐ de xìng yùn yú shì jué dìng lí kāi zhè lǐ jié bàn
来，都庆幸自己的幸运，于是决定离开这里，结伴

chū yóu
出游。

méi guò duō jiǔ tā men lái dào le yī tiáo
没过多久，他们来到了一条

xiǎo xī biān xiǎo xī shang jì méi yǒu qiáo yě
小溪边，小溪上既没有桥，也

méi yǒu tiào bǎn tā men bù zhī dào gāi zěn
没有跳板，他们不知道该怎

me guò qù mài gǎn líng jī yī dòng shuō
么过去。麦秆灵机一动，说：

ràng wǒ héng tǎng zài xiǎo xī shang nǐ men
"让我横躺在小溪上，你们

kě yǐ cóng wǒ shēn shang zǒu guò qù tā
可以从我身上走过去。"他

刚在小溪上躺好，性子火爆的煤块立刻踏了上去。但当他走到小溪中间时，忽然害怕起来，站在那里不敢往前走。这下麦秆被烧着了，断成两截掉进了水里。煤也跟着掉了下去，嗞嗞响了两声就送了命。豆子看到这情景，大笑起来。他笑得太厉害，身体一下子裂成了两半。本来他就要这样完蛋了，但幸运的是，一个裁缝正好坐在小溪旁休息。好心的裁缝取出针线，把豆子缝合起来。因为他用的是黑线，所以，后来的豆子身上都有一条黑缝。

小童话中的大启迪

煤块烧断了麦秆，害得自己也落入水中送了命。豆子想嘲笑别人，却把自己笑成了两半，留下了一道永远也抹不去的痕迹。这个故事就是告诉我们，无论是对自己还是对他人都要有一个清醒的认识，了解各自的长处和短处，这样才能在一起和谐地生存。

xiǎo péng yǒu yǒu méi yǒu bǎ méi chī wán de dōng xi bái bái de rēng diào guò　yǒu méi yǒu jué de zhè
小朋友有没有把没吃完的东西白白地扔掉过？有没有觉得这

yàng tài kě xī le ne
样太可惜了呢？

31. mài suì
31. 麦穗

zài yáo yuǎn de nián dài 　 tián li zhuāng jia de shōu cheng bǐ xiàn zài duō de
在遥远的年代，田里庄稼的收成比现在多得

duō 　 bǐ rú yī kē mài gǎn shang jiē chū de mài lì gēn běn bù shì xiàn zài de wǔ
多。比如一棵麦秆上结出的麦粒根本不是现在的五

shí kē huò liù shí kē 　 ér shì sì bǎi kē huò wǔ bǎi kē 　 nà xiē mài lì guà
十颗或六十颗，而是四百颗或五百颗。那些麦粒挂

mǎn le zhěng gè mài gǎn 　 mài gǎn yǒu duō gāo 　 mài suì jiù zhǎng de yǒu duō cháng
满了整个麦秆，麦秆有多高，麦穗就长得有多长。

kě yě xǔ shì yīn wèi liáng shi tài duō 　 rén lèi jiù bù dǒng de zhēn xī le
可也许是因为粮食太多，人类就不懂得珍惜了，

duì yī qiè dōu mǎn bù zài hu 　 yǒu yī tiān 　 yī ge fù rén lǐng zhe zì jǐ de
对一切都满不在乎。有一天，一个妇人领着自己的

hái zi cóng yī piàn mài
孩子从一片麦

tián páng zǒu guò 　 nà
田旁走过。那

hái zi zǒu qǐ lù lái
孩子走起路来

bèng bèng tiào tiào de 　 yī
蹦蹦跳跳的，一

bù xiǎo xīn jiù cǎi jìn le
不小心就踩进了

yī ge shuǐ kēng li 　 bǎ xié
一个水坑里，把鞋

hé kù zi dōu nòng zāng le
和裤子都弄脏了

fù rén kàn jiàn hòu 　 suí shǒu jiù
妇人看见后，随手就

扯了一把结满麦粒的麦穗，去擦孩子身上的泥水。

上帝正巧从旁边经过，看到了这一幕。他气坏了，大声说："从此麦秆上不再结麦穗，因为人类不配享有上天赐予的礼物。"

人们听到上帝这样说，都吃了一惊。他们纷纷跪下，祈求上帝不要让麦秆上光秃秃的，多少留下来一点，就算人类不配享用，那些无辜的鸡群还是不该就这样饿死的。上帝毕竟不是铁石心肠，他同意了人们的请求，在麦秆上留下了一些麦穗，但是收成却比以前少了很多。

小童话中的大启迪

你说上帝的惩罚现在还存在吗？如果我们乱砍乱伐，绿洲会变成荒漠；如果我们不知道节水，大江大河都会干涸。对于不懂得珍惜的人类，大自然的惩罚永远存在。所以小朋友们从小就要养成勤俭节约的好习惯。当你节约下一粒粮食，当你珍惜着每一滴水时，你都在为整个人类造福。

rú guǒ yù dào mò shēng de shì wù　　nǐ huì zěn me bàn　　shì xiǎng bàn fǎ liǎo jiě tā　hái shì bù

如果遇到陌生的事物，你会怎么办？是想办法了解它，还是不

jiā biàn bié de jiē shòu huò zhě jù jué

加辨别地接受或者拒绝？

māo tóu yīng

32. 猫头鹰

hěn jiǔ yǐ qián　　yī zhī māo tóu yīng fēi jìn le yī jiā rén de liáng cāng

很久以前，一只猫头鹰飞进了一家人的粮仓，

nà jiā de zhǔ rén yǐ wéi zhè shì guài wù　xià huài le　táo dào lín jū jiā　qǐng

那家的主人以为这是怪物，吓坏了，逃到邻居家，请

tā men lái duì fu zhè ge cóng wèi jiàn guò de wēi xiǎn dòng wù　　tā shuō　rú guǒ

他们来对付这个从未见过的危险动物。他说，如果

nà guài wù cóng gǔ cāng li pǎo chū lái　dà jiā dōu huì yǒu wēi xiǎn

那怪物从谷仓里跑出来，大家都会有危险。

zhè ge xiāo xi lì kè zài quán chéng sàn bù kāi lái　　rén men rú lín dà

这个消息立刻在全城散布开来。人们如临大

dí　fēn fēn jǔ qǐ le lián dāo　fǔ tóu hé gān cǎo chā　jiù lián shì zhǎng dōu bèi

敌，纷纷举起了镰刀、斧头和干草叉，就连市长都被

jīng dòng le　　dà jiā pái zhe duì　xiàng gǔ

惊动了，大家排着队，向谷

cāng zǒu qù　bìng bǎ gǔ cāng tuán tuán wéi zhù

仓走去，并把谷仓团团围住。

yī ge yǒng měng de hàn zi shǒu xiān

一个勇猛的汉子首先

zhàn le chū lái　kě tā gāng zǒu jìn gǔ

站了出来。可他刚走进谷

cāng　jiù dà jiào yī shēng miàn rú sǐ huī

仓，就大叫一声，面如死灰

de pǎo le chū lái　guò le yī zhèn zi

地跑了出来。过了一阵子，

yòu yǒu liǎng ge rén zhuàng qǐ dǎn zi jìn qù

又有两个人壮起胆子进去

了，可他们很快也逃了出来。最后，一个在战场上立过功的勇士走了出来，他戴上头盔、穿上铠甲，一手拿着盾牌、一手拿着长矛，走进了谷仓。可没过一会儿他就吓得手脚发软了；等他退出来的时候，他已经快昏过去了。这样，再也没有人敢去冒险了。

最后，市长想出了办法。他命人在谷仓周围点起火来，大火熊熊燃起，猫头鹰被烧死了，当然谷仓也成了一片废墟。然而市长却还在为他的举动得意，宣扬有些事情是不能节约的。

小童话中的大启迪

对于一只猫头鹰，人们却大动干戈，最后还焚以烈火。其实，这类可笑又可悲的事在历史和现实中都是存在的。无知的人总是胆小又愚蠢，而如果这类人属于社会的大多数或者是掌握强大力量的，那这种无知对整个社会的发展都会造成阻碍。小朋友们从小就要学好知识，对于自己不了解的事不要妄下论断。

rú guǒ kàn dào yì zhī liú làng de xiǎo māo　　nǐ huì zěn me zuò ne
如果看到一只流浪的小猫，你会怎么做呢？

māo xí fù
33. 猫 媳 妇

hěn zǎo hěn zǎo yǐ qián　　yǒu ge chéng kěn lǎo shi de zhuāng jia rén　　tā jiā
很早很早以前，有个诚恳老实的庄稼人，他家
lǐ hěn qióng　　sì shí duō suì le hái méi qǔ shàng lǎo po　　zài yí ge xià yǔ tiān
里很穷，四十多岁了还没娶上老婆。在一个下雨天
de wǎn shang zhuāng jia rén tīng dào mén wài yǒu　　miāo miāo　　de māo jiào shēng dǎ kāi
的晚上，庄稼人听到门外有"喵喵"的猫叫声，打开
mén yí kàn　　yuán lái shì yì zhī wú jiā kě guī de liú làng māo　　zhuāng jia rén hěn
门一看，原来是一只无家可归的流浪猫。庄稼人很
kě lián tā　　jiù ràng māo jìn le wū　　tì tā cā gān lín shī de máo　　yòu bǎ shèng
可怜它，就让猫进了屋，替它擦干淋湿的毛，又把剩
xià de fàn gěi tā chī le　　cóng nà yǐ hòu　　zhuāng jia rén hé zhè zhī māo yì qǐ
下的饭给它吃了。从那以后，庄稼人和这只猫一起
chī fàn　　yì qǐ shuì jiào　　bǎ tā zhào gù de　　fēi cháng zhōu dào
吃饭，一起睡觉，把它照顾得非常周到。

yǒu yì tiān　　zhuāng jia rén gàn wán huó huí jiā shí　　kàn jiàn nà zhī māo jìng
有一天，庄稼人干完活回家时，看见那只猫竟
rán zài tuī mò ne　　zhuāng jia rén fēi cháng chī jīng
然在推磨呢。庄稼人非常吃惊，
méi xiǎng dào māo huì mò miàn　　ér qiě nà
没想到猫会磨面，而且那
miàn mò de hái zhēn xì　　tā duì
面磨得还真细。他对
māo biǎo shì le gǎn xiè
猫表示了感谢，
bìng yòng zhè xiē miàn fěn zuò le
并用这些面粉做了
miàn fěn tuán zi　　cóng nà yǐ
面粉团子。从那以

后，庄稼人不在家时，猫就替他磨面，这对庄稼人的帮助可大啦。

有一天晚上，猫突然对庄稼人说："主人，主人，如果我一直是猫的话，不能充分报答您的恩情。因此，我准备到庙里去祈求，然后变成人回来，请允许我告几天假。"庄稼人答应了，还给它在脖子上挂上了钱包，作为路费。

后来，那只猫变成一个女人回来了，还当了庄稼人的老婆。他们辛勤地干活，慢慢过上了幸福的生活！

小童话中的大启迪

善良的人总是受人尊敬。你在帮助别人的时候，也是在帮助你自己。故事里贫穷的庄稼汉，不就是因为好心收留了一只流浪猫，而过上了幸福的生活吗？小朋友们应该保持自己善良的品性，对那些比自己弱小的人和生物，尤其应该关爱。

"乌"和"乌"、"日"和"曰"，对于这些看上去差不多的字，你
能分清楚吗？开动脑筋想办法吧！

34. mí yǔ tóng huà 谜语童话

从前，有三个女人被施了魔法，变成花儿立在田野上。其中有一个女人，在每天夜里可以变成人形回到家里过夜。可只要天一亮，她就会重新变成花儿，如果那时她没有回到田野上，她就会立刻枯萎而死。所以，每天破晓之际，女人就不得不离开亲爱的丈夫和家，回到田间的伙伴中间。

有一天，女人在离去前对丈夫说："昨夜我得到神的指示。只要你今天上午来摘下我，我就能得救，以后我们就能永远在一起了。"

丈夫却忧愁地说："每

天白天，我有空就会跑去看你，可我看到的总是三朵一模一样的花儿，我分不出哪个是你啊！"听丈夫这样一说，女人也犯起愁来，不过她很快就想出了一个办法。

后来，丈夫果然从三朵花中将妻子摘了下来。从此，魔法解除，三个女人都变回了人形。那么，丈夫到底是用什么方法认出妻子的呢？原来，另外两朵花因为是在田野里过夜，身上沾满了露水，丈夫只要看看哪朵花上没有露水，就知道哪朵花是他的妻子了。

小童话中的大启迪

想不到吧？小小的露水竟然成了破解魔法的关键。其实，大事物是人人都很容易看到的，而大事物上的小细节却很少有人留心。善于关注细节会使你比一般人对事物多一分了解，多一分把握，因此有人说"细节决定成败"。而对细节的敏感是从观察中获得的。

dāng xiǎo péng yǒu zuò le bù hǎo de shì qíng shí shì bù shì jué de bù tài gǎn miàn duì bà ba mā ma
当小朋友做了不好的事情时，是不是觉得不太敢面对爸爸妈妈？

míng liàng de yáng guāng xià xiǎn zhēn xiàng
35. 明亮的阳光下显真相

cóng qián yǒu yī ge nián qīng rén   tā qióng de yī fēn qián dōu méi yǒu le
从前有一个年轻人，他穷得一分钱都没有了。

tā xí jī le yī ge guò lù rén xiàng tā yào qián kě guò lù rén zhǐ ná chū le
他袭击了一个过路人，向他要钱，可过路人只拿出了

bā ge yìng bì   nián qīng rén bù xiāng xìn tā zhǐ yǒu zhè me shǎo de qián   jiù duì
八个硬币。年轻人不相信他只有这么少的钱，就对

guò lù rén quán dǎ jiǎo tī   zuì hòu guò lù rén kuài bèi dǎ sǐ le   zài lín sǐ
过路人拳打脚踢。最后，过路人快被打死了，在临死

qián tā shuō míng liàng de tài yáng huì jiē lù zhēn xiàng
前，他说："明亮的太阳会揭露真相。"

nián qīng rén bǎ shǒu shēn jìn guò lù rén de kǒu dai   kě lǐ miàn zhēn de yī
年轻人把手伸进过路人的口袋，可里面真的一

ge yìng bì dōu méi yǒu le   tā cáng qǐ guò lù rén de shī tǐ   táo dào le qí tā
个硬币都没有了。他藏起过路人的尸体，逃到了其他

chéng shì   hòu lái tā zài yī wèi cái feng shī fu nàr   zhǎo dào le gōng zuò
城市。后来，他在一位裁缝师傅那儿找到了工作。

liǎng nián hòu tā qǔ le shī fu de nǚ ér yòu guò
两年后，他娶了师傅的女儿。又过

le jǐ nián tā de yuè fù yuè mǔ dōu
了几年，他的岳父、岳母都

sǐ le nián qīng rén zì jǐ dāng le jiā
死了，年轻人自己当了家。

yǒu yī tiān chī zǎo fàn de shí
有一天吃早饭的时

hou tài yáng zhào zài pán zi shang
候，太阳照在盘子上，

fǎn shè de guāng zài qiáng shang huà le
反射的光在墙上画了

一个圆圈，裁缝抬头看见了，说："是的，它要揭露真相，但是它办不到。"旁边的妻子问他这话是什么意思，他起先不肯说，可禁不住妻子的软磨硬泡，终于把杀人的事说了出来。他特别要求妻子，不能对任何人说起此事，妻子答应了。

吃完饭后，妻子到她的教母家去，把这件事告诉了教母，也叫她不要再对别人讲。可是，不到三天，全城的人都知道了这件事。最后，裁缝被告上了法庭，判处了死刑。

小童话中的大启迪

大家眼中普通的光影，在杀人犯看来却会感到害怕，以至于吐露了隐藏多年的秘密。做了亏心事的人就是这样疑神疑鬼、不得安宁，即使他不被别人惩罚，这种心灵的折磨也会永远跟随着他。所以小朋友们在任何时候、任何情况下都要严格要求自己，尽量不要犯错，因为有些错误是无法挽回的。

dāng mā ma bù zài nǐ shēn biān de shí hou   nǐ huì gǎn dào tè bié gū dú ma
当妈妈不在你身边的时候，你会感到特别孤独吗？

mǔ qīn de yǎn lèi
36. 母亲的眼泪

yī chǎng qiū yǔ   xī lì xī lì   yuàn zhōng de pò tán zi li   zhù zhe
一场秋雨，渐沥渐沥。院中的破坛子里，住着

yī zhī cán jí de xiǎo yàn zi   tā de mǔ qīn hé liǎng ge jiě mèi yǐ jīng nán fēi
一只残疾的小燕子。她的母亲和两个姐妹已经南飞，

tā yīn wèi fēi bù dòng   bù néng tóng wǎng   zhǐ néng gū dú de liú xià
她因为飞不动，不能同往，只能孤独地留下。

yī dī yǔ shuǐ   zài zuì dī de yī piàn zǐ yù huā huā bàn shang huǎn huǎn
一滴雨水，在最低的一片紫菀花花瓣上缓缓

xià huá   zhèng yào luò xià lái shí   xiǎo yàn zi tīng dào yǔ shuǐ tàn le yī shēng
下滑，正要落下来时，小燕子听到雨水叹了一声：

ō   lèi sǐ wǒ le   nǐ cóng nǎr lái   xiǎo yàn zi hào qí de
"噢，累死我了！""你从哪儿来？"小燕子好奇地

wèn   wǒ shì yī dī yǎn lèi   lái zì yáo yuǎn
问。"我是一滴眼泪，来自遥远

de dà yáng   jiǔ tiān yǐ qián zài yī zhī yuǎn yáng
的大洋。九天以前在一只远洋

jù lún de wéi gān shang   qī xī zhe yī zhī yàn
巨轮的桅杆上，栖息着一只燕

zi   tā pí bèi bù kān   yǎn lèi wāng wāng
子，她疲惫不堪，眼泪汪汪。

wǒ jiù dàn shēng zài tā de yòu yǎn li   nà
我就诞生在她的右眼里。那

zhī yàn zi céng duì fēng shuō   fēng xiōng di
只燕子曾对风说：'风兄弟！

nǐ zhōu yóu shì jiè   qù bǎo jiā lì yà shí
你周游世界，去保加利亚时，

qǐng tíng liú yī xià   kàn wàng wǒ nà gū kǔ
请停留一下，看望我那孤苦

líng dīng de hái zi   wǒ bǎ tā liú zài yuàn zi
伶仃的孩子。我把她留在院子

li yī zhī pò jiù de tán zi li   nàr
里一只破旧的坛子里，那

zhòng yǒu zǐ sè de zǐ yù
儿种有紫色的紫菀

huā   qǐng gào su tā   hēi māo
花。请告诉她，黑猫

jiù zài yuàn zi li pái huái   duǒ
就在院子里徘徊，躲

yuǎn yī diǎn   wǒ zǒu shí wàng le
远一点。我走时忘了

gào su tā zhè jiàn shì   gào su tā wǒ bēi tòng yù jué   nà zhī lǎo yàn
告诉她这件事。告诉她我悲痛欲绝……'那只老燕

zi huà wèi shuō wán   wǒ jiù cóng tā de yǎn li gǔn le chū lái   fēng dǎi zhù le
子话未说完，我就从她的眼里滚了出来。风逮住了

wǒ   dài zhe wǒ huán yóu shì jiè   zhēn shì lèi sǐ le   wǒ xiàn zài shén me dōu bù
我，带着我环游世界，真是累死了！我现在什么都不

xiǎng   jiù xiǎng gǔn xià qù shuì yī jiào
想，就想滚下去睡一觉。"

xiǎo yàn zi tīng chī le   tā gǎn jǐn zhāng kāi zuǐ   tūn xià le nà dī mǔ
小燕子听痴了。她赶紧张开嘴，吞下了那滴母

qīn de yǎn lèi   yǎn lèi gěi le tā wēn nuǎn   tā tǎng zài mā ma wèi tā zhǔn bèi
亲的眼泪。眼泪给了她温暖，她躺在妈妈为她准备

de yǔ máo chuáng shang   gǎn jué yòu xiàng quán suō zài mǔ qīn de chì bǎng xià yī yàng
的羽毛床上，感觉又像蜷缩在母亲的翅膀下一样。

小童话中的大启迪

rén shēng lù shang wǒ men zǒng huì yù dào xǔ duō kǔ nàn   fù mǔ yě bù kě néng yǒng yuǎn zài wǒ men
人生路上我们总会遇到许多苦难，父母也不可能永远在我们

shēn biān bì hù zhe wǒ men   dàn shì wǒ men yī dìng yào xiāng xìn   wú lùn wǒ men chǔ yú duō me gū dú kùn kǔ de
身边庇护着我们。但是我们一定要相信，无论我们处于多么孤独困苦的

rì zi   wǒ men zǒng yōng yǒu yī fèn wēn nuǎn   nà jiù shì fù mǔ qīn rén de ài   nǎ pà jǐn jǐn shì
日子，我们总拥有一份温暖，那就是父母亲人的爱。哪怕仅仅是

wèi le zhè fèn ài   wǒ men yě méi yǒu lǐ yóu bù hǎo hāo shēng huó
为了这份爱，我们也没有理由不好好生活。

xiǎo péng yǒu men ài zì jǐ de bà ba mā mā ma rú guǒ yǒu yī tiān bà ba mā ma shēng bìng
小朋友们爱自己的爸爸妈妈吗？如果有一天爸爸妈妈生病

le lǎo le xiǎo péng yǒu men yuàn yì zhào gù tā men ma
了、老了，小朋友们愿意照顾他们吗？

nián mài de zǔ fù hé sūn zi
37.年迈的祖父和孙子

cóng qián yǒu yī ge hěn lǎo de lǎo rén tā yǎn jing huā le ěr duo yě tīng
从前有一个很老的老人，他眼睛花了，耳朵也听

bù qīng shǒu jiǎo yīn wèi méi yǒu lì qi ér bù tíng de chàn dǒu dāng tā zuò zài
不清，手脚因为没有力气而不停地颤抖。当他坐在

zhuō páng chī fàn shí zǒng shì ná bù zhù tāng sháo cháng cháng bǎ tāng sǎ zài zhuō bù
桌旁吃饭时，总是拿不住汤勺，常常把汤洒在桌布

shang jí shǐ hǎo bù róng yì bǎ tāng sòng jìn le zuǐ li yě huì bù
上。即使好不容易把汤送进了嘴里，也会不

shí cóng zuǐ jiǎo biān liú xià lái tā de ér zi hé ér xí duì cǐ
时从嘴角边流下来。他的儿子和儿媳对此

fēi cháng yàn wù yú shì tā men bǎ tā gǎn dào jiǎo luò gěi
非常厌恶，于是他们把他赶到角落，给

tā yī ge xiǎo wǎn fàng shàng yī diǎn diǎn shí wù ràng tā
他一个小碗，放上一点点食物，让他

duì zhe lú zi chī fàn lǎo rén hěn shāng xīn cháng
对着炉子吃饭。老人很伤心，常

cháng yǎn lèi wāng wāng de wàng zhe zhuō zi
常眼泪汪汪地望着桌子。

yǒu yī tiān lǎo rén de shǒu dǒu de
有一天，老人的手抖得

shí zài tài lì hai lián nà ge xiǎo wǎn yě
实在太厉害，连那个小碗也

méi néng ná zhù wǎn diào zài dì shang
没能拿住。碗掉在地上，

shuāi suì le ér xí qì huài le bù
摔碎了。儿媳气坏了，不

断地训斥他。老人一声不吭，只是不住地叹气。隔天，儿媳花了几分钱去买了一个木碗给他，以免他再打破。

后来有一天，老人的儿子和儿媳正在吃饭，四岁的小孙子坐在地上，把一堆木片拼凑起来。父亲看了好奇地问："你在做什么？"小孩回答："我在做一个木碗。等我长大了，给爸爸妈妈盛饭吃！"听到这话，夫妇俩对视了好一会儿，哭了起来。他们赶紧把老人搀扶到餐桌旁，从此全家人天天一起吃饭。而且就算老人不小心洒了点什么，他们也不再说什么了。

小童话中的大启迪

父母的一言一行都会影响到幼小的孩子。你如何对待长辈，当你老了以后你的子孙就会如何对待你。我们每个人都有衰老的时候，善待老人其实就是善待我们自己。我们现在的所作所为，是好是坏、是善是恶，都为将来的幸福或者不幸埋下了种子。

huā shēng shì mái zài tǔ li de hái shì zhǎng zài dì shang de　bō luó shì guà zài shù shang de hái shì
花生是埋在土里的还是长在地上的？菠萝是挂在树上的还是

zhòng zài tián li de　nǐ liǎo jiě zhè xiē yǒu guān zì rán de cháng shí hé guī lù ma
种在田里的？你了解这些有关自然的常识和规律吗？

nóng fū hé mó guǐ
38. 农夫和魔鬼

yǒu yī tiān　　yī ge nóng fū kàn jiàn zì jǐ de tián dì zhōng yāng yǒu yī duī
有一天，一个农夫看见自己的田地中央有一堆

méi zhèng zài rán shāo　　zài zhè tōng hóng tōng hóng de méi duī shang hái zuò zhe yī ge
煤正在燃烧，在这通红通红的煤堆上还坐着一个

mó guǐ　　mó guǐ duì tā shuō　　　zhī dào ma　　wǒ zhèng zuò zài yī duī bǎo zàng
魔鬼。魔鬼对他说："知道吗，我正坐在一堆宝藏

shang dàn wǒ bù xī han jīn yín cái bǎo　　wǒ gèng xiǎng yào yī xiē dì li zhǎng chū
上。但我不稀罕金银财宝，我更想要一些地里长出

lái de guǒ shí　　rú guǒ nǐ zài liǎng nián nèi　　bǎ dì li zhǎng chū lái de dōng xi
来的果实。如果你在两年内，把地里长出来的东西

gěi wǒ yī bàn　　zhè li de bǎo zàng jiù quán guī nǐ　　　nóng fū dā ying le　　　bìng
给我一半，这里的宝藏就全归你。"农夫答应了，并

shuō　　　wèi le jiāng lái bù rě qǐ má fan　　zán men xiān shuō hǎo
说："为了将来不惹起麻烦，咱们先说好，

fán shì zhǎng zài ní tǔ shang de dōng xi guī nǐ　　zhǎng zài ní tǔ xià
凡是长在泥土上的东西归你，长在泥土下

de ne　　jiù shì wǒ de
的呢，就是我的。"

mó guǐ jué de zhè ge jiàn yì
魔鬼觉得这个建议

bù cuò　　kě zhè wèi cōng
不错，可这位聪

míng de nóng fū sǎ de quán
明的农夫撒的全

dōu shì luó bo zhǒng zi
都是萝卜种子。

收获的季节到了，魔鬼来取他的果实。但除了那些又黄又枯的叶子外，他什么都没有得到；而农夫却在兴高采烈地挖萝卜。魔鬼气呼呼地说："这次你占了便宜。不过下一次，我要地下的，地上的东西归你。"农夫爽快地答应了，可是等到播种时，他没有再种萝卜，而是种上了小麦。

麦子成熟后，农夫把地面以上的麦秆全割走了。当魔鬼跑来时，他发现除了残茬外自己又是一无所获，他一气之下就钻到石头缝里去了。那堆宝藏从此归了农夫。

小童话中的大启迪

农夫用智慧战胜了魔鬼。那么，农夫的智慧来自哪里呢？米自生活。每日与土地切实的亲近让他了解了各种植物的价值所在，使他在两次较量中都没有吃亏。做生活的有心人吧，如果你了解自然的规律，那就等于获得了一份终生受用的财宝。

rú guǒ bié rén pī píng nǐ le　　nǐ huì xū xīn de jiē shòu ma　　hái shì jué de zì jǐ shén me
如果别人批评你了，你会虚心地接受吗？还是觉得自己什么

dōu shì zuì bàng de　　yà gēnr　　bù huì yǒu cuò
都是最棒的，压根儿不会有错？

39. qiáo mài 荞麦

zài yī piàn tián yě li　zhǎng zhe xiǎo mài　dà mài　hái yǒu kě ài de yàn
在一片田野里，长着小麦、大麦，还有可爱的燕

mài　　tā men lì zài nà lǐ　xìng fú de wān zhe yāo　suì zi zhǎng de yuè fēng
麦。它们立在那里，幸福地弯着腰。穗子长得越丰

mǎn　tā men jiù bǎ shēn zi chuí de yuè dī　kàn shàng qù fēi cháng qián chéng　qiān
满，它们就把身子垂得越低，看上去非常虔诚、谦

bēi　　kě shì lìng yī kuài tián li de qiáo mài jiù bù shì zhè yàng　tā zhí tǐng tǐng
卑。可是另一块田里的荞麦就不是这样，它直挺挺

de lì zhe　bǎi chū yī fù jiāo ào de yàng zi　tā men jué de zì jǐ zhēn shì
地立着，摆出一副骄傲的样子。它们觉得自己真是

jì fēng mǎn yòu měi lì　shì jiè shang jiǎn zhí zài yě zhǎo bù chū bǐ tā men gèng měi
既丰满又美丽，世界上简直再也找不出比它们更美

lì de dōng xi le
丽的东西了。

hū rán　　yī zhèn kě pà de bào fēng yǔ dào
忽然，一阵可怕的暴风雨到

lái le　　tián yě li suǒ yǒu de huār　dōu
来了。田野里所有的花儿都

bǎ zì jǐ de yè zi juǎn qǐ lái　bǎ zì jǐ
把自己的叶子卷起来，把自己

xì nèn de tóu jǐng chuí xià lái　kě shì qiáo mài
细嫩的头颈垂下来，可是荞麦

réng rán jiāo ào de lì zhe bù dòng
仍然骄傲地立着不动。

suǒ yǒu de mài zi dōu duì tā hǎn
所有的麦子都对它喊：

"快像我们一样，把头低下来呀！"可是荞麦理也不理，好像没听到一样。田野边的老柳树也对它说："快把身子垂下来呀。当云朵正在裂开的时候，你无论如何不能看着闪电。"荞麦却傲慢地回答道："我偏不，我就要望着天试试看！"

当恶劣的天气过去以后，花儿和麦子在这沉静和清洁的空气中站立着，被雨洗得焕然一新。可是荞麦却被闪电烧得像炭一样焦黑，成了田里无用的枯草。

小童话中的大启迪

荞麦自以为与众不同，不愿意弯腰，结果变成了无用的枯草；花儿和麦子却因为谦虚获得了浇灌，保存了果实。不知道小朋友们有没有发现这样一个有趣的现象：越是知识丰富的人越谦虚诚恳，而越是浅薄的人越骄傲自满。大家千万不要像荞麦那样骄傲自大，那是非常愚蠢可笑的。

800米比赛时，你起跑时不小心摔了一跤，是不是就没希望赢了？

40. 穷女人和她的小金丝鸟

有一个穷得出奇的女人，她丈夫死了，但她连买一口棺材的钱都没有。除了望着死去的丈夫哭泣，她只能祈求上帝的帮助。

一只金丝鸟飞进了穷女人的窗子。它栖息在死人的头上，唱起歌来，似乎想对女人说："你不要悲哀，瞧，我多快乐！"穷女人在手掌上放了一撮面包屑，叫它飞过来。小鸟跳过去，把面包屑啄着吃了，样子可爱极了。这时，女人的邻居来看她。当邻居看见这只小金丝鸟时，说："它一定是今天报纸上谈到的那只小鸟。它是从街道上的一户人家飞出来的。"

这样，这个穷女人就拿着这只小鸟到那户人

90

家去。那家人很高兴，问她是从哪里找到的。女人告诉他们，小鸟是从窗外飞进来的。曾经栖息在她死去了的丈夫身边，唱出了一串那么美丽的歌，使她不再哭了——尽管她是那么穷困，既没有钱为她的丈夫买一口棺材，也弄不到东西吃。

这一家人为她感到难过。他们愿意为穷女人的丈夫买一口棺材，还允许穷女人每天到他们家里来吃饭。穷女人变得快乐起来，非常感谢上帝在她最悲哀的时候给她送来了这只小金丝鸟。

小童话中的大启迪

原本已是走投无路、一筹莫展，可随着一只小金丝鸟的到来，快乐和温暖也随之而来。你看，希望就是这样无处不在，可能正在你感到绝望的时候，它会从窗口悄悄地飞进。那么，无论何时都请振作精神吧，做好迎接希望的准备！

rú guǒ nǐ de hǎo péng you bān dào bié de chéng shì qù le   nǐ huì xiàng yuē dìng de nà yàng gěi tā
如果你的好朋友搬到别的城市去了，你会像约定的那样给他
xiě xìn ma
写信吗？

qù nián de shù
41. 去年的树

yī kē shù hé yī zhī niǎor   shì hǎo péng you   niǎor   zhàn zài shù zhī shang
一棵树和一只鸟儿是好朋友。鸟儿站在树枝上，
tiān tiān gěi shù chàng gē   shù ne   tiān tiān tīng zhe niǎor   chàng   rì zi yī tiān
天天给树唱歌，树呢，天天听着鸟儿唱。日子一天
tiān guò qù   dōng tiān jiù yào lái dào le   niǎor   bì xū fēi dào wēn nuǎn de nán
天过去，冬天就要来到了。鸟儿必须飞到温暖的南
fāng qù   shù duì niǎor   shuō   zài jiàn le   xiǎo niǎo   míng nián qǐng nǐ zài huí
方去。树对鸟儿说："再见了，小鸟！明年请你再回
lái   hái chàng gē gěi wǒ tīng   niǎor   shuō tā yī dìng huì de
来，还唱歌给我听。"鸟儿说它一定会的。

chūn tiān   niǎor   yòu huí lái zhǎo tā de hǎo péng you shù   kě shì   shù bù
春天，鸟儿又回来找她的好朋友树。可是，树不
jiàn le   zhǐ shèng xià shù gēn zài nà lǐ   niǎo
见了，只剩下树根在那里。鸟
wèn shù gēn   lì zài zhèr   de shù dào
儿问树根："立在这儿的树到
shén me dì fang qù le ya   shù gēn huí dá
什么地方去了呀？"树根回答
shuō   fá mù rén bǎ tā kǎn dǎo
说："伐木人把他砍倒，
lā dào shān gǔ li qù le
拉到山谷里去了。"

niǎor   xiàng shān gǔ fēi qù   nà
鸟儿向山谷飞去。那
lǐ yǒu ge hěn dà de gōng chǎng   niǎor
里有个很大的工厂。鸟儿

落在工厂的大门上，问道："门先生，我的好朋友树在哪儿，您知道吗？"门回答说："树的身体，在厂子里给切成细条条儿，做成火柴，运到那边的村子里卖掉了。"

鸟儿向村子飞去。在一盏煤油灯旁，坐着一个小女孩。鸟儿问女孩："小姑娘，你知道火柴在哪儿吗？"小女孩回答说："火柴已经用光了。火柴点燃的火，还在这个灯里亮着。"鸟儿睁大眼睛，盯着灯火看了好一会儿。接着，她就唱起去年唱过的歌给灯火听。唱完了歌，鸟儿又对着灯火看了一会儿，就飞走了。

小童话中的大启迪

小鸟对大树的友情是如此深厚真挚，美好得令人叹息。在我们的一生中，会有很多人走进我们的生命，但他们最终也会因为这样或那样的原因离开，但只要心中拥有着与朋友间的深情友爱，那我们就不会孤独。

dāng nǐ zuò hǎo shì de shí hou　qǐng nǐ xiǎng yī xiǎng：shì lǎo shī yāo qiú nǐ zhè yàng zuò de　hái

当你做好事的时候，请你想一想：是老师要求你这样做的，还

shì nǐ zì jǐ xīn gān qíng yuàn zhè yàng zuò de

是你自己心甘情愿这样做的？

rén cí de tài tai

42. 仁慈的太太

cóng qián　　yī ge qióng kǔ de lǎo tóu zi lái dào yī jiā mén qián qǐ tǎo

从前，一个穷苦的老头子来到一家门前乞讨。

tā yāng qiú dào　　kàn zài lǎo tiān yé de fèn shang　jiù jiu qióng rén ba　　wū li

他央求道："看在老天爷的份上，救救穷人吧！"屋里

de tài tai tīng dào le　xīn xiǎng　　wǒ děi gěi tā diǎn shén me dōng xi　zhè shì tì

的太太听到了，心想："我得给他点什么东西，这是替

zì jǐ jǐ dé ya　　yú shì tā gěi le lǎo tóur　yī ge xiǎo jī dàn　shuō

自己积德呀！"于是她给了老头儿一个小鸡蛋，说：

ná qù ba　lǎo dà ye　nǐ děi tì wǒ qiú lǎo tiān yé bǎo yòu ya　　lǎo dà

"拿去吧，老大爷，你得替我求老天爷保佑呀。"老大

ye jiē guò jī dàn　qiān ēn wàn xiè de zǒu le

爷接过鸡蛋，千恩万谢地走了。

méi guò yī huìr　　zhè wèi tài

没过一会儿，这位太

tai xīn xiǎng　　ya　tā zhè me jiù zǒu

太心想："呀，他这么就走

le　kě qiān wàn bié wàng le wǒ

了，可千万别忘了我！"

yú shì tā gǎn jǐn bǎ lǎo dà

于是她赶紧把老大

ye jiào huí lái　wèn dào

爷叫回来，问道：

wǒ shì gěi le nǐ yī ge

"我是给了你一个

jī dàn ba　　lǎo dà ye

鸡蛋吧？"老大爷

回答说："给啦，太太，老天爷会保佑您的！"

太太这才有些放心，可她看见老头子快走出门口了，而且走得很快时，就心想他一定会忘记这件事的，于是马上扯开嗓门大喊："老大爷！回来！回来！"

等老大爷回来后，她又问："我是给过你一个鸡蛋吧？"

就这样，每当老大爷要离开时，太太都要把他叫回来，生怕他把她施舍鸡蛋的事给忘了。最后，老大爷实在不耐烦了，把鸡蛋朝太太身上一扔，大声说："真见鬼！您给了我这么个倒霉鸡蛋，说来说去说不完啦！还给您吧！"

小童话中的大启迪

虽然说"好人有好报"，但可不能为了这"好报"才去做"好人"。我们帮助别人的时候应该真心实意，如果不是出于真正的怜悯、真正的关爱，而只是为了让别人报答自己，那这种"善行"其实就是变相的索取，所谓的"善心"也不过是虚伪之心，最终不会得到好结果。

zuò zhí rì de shí hou　xiǎo péng yǒu shì rèn rèn zhēn zhēn de gàn　hái shì bù nài fán de hú luàn

做值日的时候，小朋友是认认真真地干，还是不耐烦地胡乱

cā ca hēi bǎn　sǎo sao dì

擦擦黑板、扫扫地？

rēng diào de liào zi

43. 扔掉的料子

cóng qián yǒu yī ge pàng gū niang　zhǎng de tǐng piào liang　kě jiù shì tài lǎn

从前有一个胖姑娘，长得挺漂亮，可就是太懒

le　zuò shì yě quē fá nài xīn　fǎng xiàn de shí hou　rú guǒ má liào li yǒu yī

了，做事也缺乏耐心。纺线的时候，如果麻料里有一

ge xiǎo jié tóu　tā jiù mǎ shàng bǎ yī dà duī dōu zhuā chū lái　rēng zài dì shang

个小结头，她就马上把一大堆都抓出来，扔在地上

bù yào le

不要了。

yǒu yī ge nǚ yōng rén shí fēn qín láo　tā jiàn zhè xiē hǎo hāo de má liào

有一个女佣人十分勤劳，她见这些好好的麻料

rēng le shí zài kě xī　jiù bǎ tā men dōu jiǎn qǐ lái　xǐ gān jìng hòu rèn rèn zhēn

扔了实在可惜，就把它们都捡起来，洗干净后认认真

zhēn de fǎng chéng xiàn　bìng yòng zhè xiē xiàn zhī le yī jiàn piào liang de yī shang

真地纺成线，并用这些线织了一件漂亮的衣裳。

bù jiǔ　yǒu yī ge xiǎo huǒ zi xiàng piào liang de lǎn gū niang qiú hūn　gū

不久，有一个小伙子向漂亮的懒姑娘求婚，姑

niang dā ying le　tā men jǔ xíng hūn lǐ de qián yī

娘答应了。他们举行婚礼的前一

ge wǎn shang shì nào hūn zhī yè　yào jǔ

个晚上是闹婚之夜，要举

xíng wǔ huì　qín láo de nǚ

行舞会。勤劳的女

yōng rén yě lái le　tā

佣人也来了，她

chuān zhe nà jiàn xīn zuò

穿着那件新做

的衣裳，兴高采烈地跳着

舞。懒姑娘见后，不屑

一顾地说："我扔掉

的东西，她却穿在

身上，还在那儿跳来

跳去，真是笑死人了！"

她的未婚夫听了这话，不明白是什么意思，就问她是怎么回事。于是懒姑娘告诉他，女佣人穿的衣服是用她扔掉的麻料做成的。

小伙子这下才明白他将要娶的这个女人很懒，而那个女佣人却十分勤劳。于是，他撇下懒姑娘，朝女佣人走去。最后，小伙子和这个女佣人结婚了。

小童话中的大启迪

勤劳创造财富。勤劳的人受人尊敬，而懒惰的人即使拥有美貌，也会让人厌弃。所以故事里的小伙子会选择勤劳的女佣人，而不要漂亮的懒姑娘。小朋友们从小就要培养自己勤劳的品性，千万不要做一个好吃懒做的人。

xiǎo péng yǒu zài guò shēng rì de shí hou　　huì xǔ xià shén me yàng de yuàn wàng ne
小朋友在过生日的时候，会许下什么样的愿望呢？

sān ge yuàn wàng
44. 三个愿望

cóng qián yǒu yī duì lǎo fū fù　　　tā men kào mài chái wéi shēng　　rì zi suī
从前有一对老夫妇，他们靠卖柴为生，日子虽
rán qīng kǔ　　dàn shì xiāng qīn xiāng ài　　dào yě fēi cháng xìng fú
然清苦，但是相亲相爱，倒也非常幸福。

yǒu yī ge xiǎo jīng líng kàn lǎo fū fù zhè me pín qióng　　jiù yǔn nuò jiāng mǎn
有一个小精灵看老夫妇这么贫穷，就允诺将满
zú tā men sān ge yuàn wàng　　wú lùn tā men xiǎng yào shén me dōu kě yǐ dé dào
足他们三个愿望，无论他们想要什么都可以得到。

lǎo pó po hěn gāo xìng　　lì kè shuō dào　　　zhēn shì tài hǎo le　　　kě wǒ xiàn zài
老婆婆很高兴，立刻说道："真是太好了！可我现在
zhēn xī wàng néng yǒu gēn xiāng cháng dàng wǎn fàn　　huà gāng shuō wán　　zhuō zi shang
真希望能有根香肠当晚饭。"话刚说完，桌子上
jiù chū xiàn le yī chuàn xiāng cháng　　lǎo gōng gong kàn dào yī ge yuàn wàng zhǐ huàn le
就出现了一串香肠。老公公看到一个愿望只换了
gēn xiāng cháng　　qì de bào tiào rú léi　　　nǐ zhè ge chǔn pó niáng　　wǒ xī wàng zhè
根香肠，气得暴跳如雷："你这个蠢婆娘！我希望这
xiāng cháng zhān zài nǐ de chǔn bí zi shang
香肠粘在你的蠢鼻子上！"

香肠果然跳了起来，飞快地粘在了老婆婆的鼻子上。这回可把老婆婆气坏了，她大喊道："你……你！瞧你干的好事！我们本来可以要很多别的东西……"现在说这些还有什么用呢？总得先把香肠从鼻子上弄下来啊。可无论他们用什么办法、使出多大的劲，香肠仍是牢牢地粘在老婆婆的鼻子上。眼看就剩最后一个愿望了，老公公叹了一口气，大声说道："我希望香肠离开我老婆的鼻子。"

香肠掉下来了。老婆婆眼含着泪水，紧紧地拥抱着老公公，说："虽然咱们还会像以前一样穷，但是只要咱们的心贴在一起，就会幸福的。"

小童话中的大启迪

幸福到底是什么呢？故事中的老夫妇原本生活幸福，可有一天当他们有了摆脱贫困的可能、对财富充满欲望时，矛盾立刻产生。其实，对于财富的追求往往是没有止境的，如果以此作为衡量幸福的标准，那你永远难以体会到幸福的感觉。只有当你懂得珍惜眼前时，才能找到真正的幸福。

xiǎo péng yǒu dāng nǐ bāng zhù bié rén shí nǐ gǎn jué dào kuài lè le ma
小朋友,当你帮助别人时,你感觉到快乐了吗?

sān gēn shù zhī
45. 三根树枝

yī ge nián qīng nán rén jué de zì jǐ zài yě rěn shòu bù liǎo mìng yùn de zhé mó
一个年轻男人觉得自己再也忍受不了命运的折磨

le biàn dài le tiáo shéng zi zǒu dào shù lín li pá shàng shù zhǔn bèi shàng diào
了,便带了条绳子走到树林里,爬上树,准备上吊。

dāng bǎ shéng zi bǎng zài shù zhī shang hòu shù zhī shuō huà le bié zài wǒ
当把绳子绑在树枝上后,树枝说话了:"别在我

shēn shang shàng diào yǒu yī duì xiǎo niǎo zhèng zài wǒ de zhī tóu shang zhù cháo wǒ hěn
身上上吊!有一对小鸟正在我的枝头上筑巢,我很

gāo xìng néng bǎo hù tā men rú guǒ wǒ zhé duàn le niǎo cháo jiù huì bǎo bù zhù
高兴能保护他们。如果我折断了,鸟巢就会保不住,

qǐng nǐ liàng jiě wǒ bìng qiě yě kě lián nà duì xiǎo niǎo ba nián qīng rén tīng
请你谅解我,并且也可怜那对小鸟吧!"年轻人听

le fàng qì le zhè gēn shù zhī bǎ shéng
了,放弃了这根树枝,把绳

zi bǎng zài le gèng gāo de yī gēn shù zhī
子绑在了更高的一根树枝

shang shuí zhī zhè gēn shù zhī yě shuō huà le
上。谁知,这根树枝也说话了:

qǐng nǐ liàng jiě wǒ ba bù jiǔ zhī hòu wǒ jiù yào
"请你谅解我吧!不久之后我就要

kāi huā chéng qún de mì fēng huì fēi lái xī
开花,成群的蜜蜂会飞来嬉

xì cǎi mì zhè dài gěi wǒ jí dà de
戏、采蜜。这带给我极大的

kuài lè rú guǒ wǒ bèi nǐ zhé wān dào dì shang huā duǒ jiù
快乐。如果我被你折弯到地上,花朵就

bèi cuī cán ér sǐ mì fēng men yě huì fēi cháng shī wàng de
被摧残而死,蜜蜂们也会非常失望的。"

年轻人听了，只好解下绳子，往第三根树枝上绑。可他还没绑好呢，树枝就开口了："原谅我吧！我把自己远远地伸到路上，就是要使疲惫的旅行者从我这儿得到一些阴凉，这带给我很大的快乐。如果我折断了，就再也不能享有这种快乐了。"

年轻人沉思了一会儿，问自己："为什么要自杀？难道我不能学学这些树枝，用我的生命去帮助别人吗？"于是，他爬下树，快快乐乐地回家了。

小童话中的大启迪

如果眼睛总是盯着自己，在意自己受了什么伤害、委屈，那生活真是满眼悲苦；可如果将目光放到那些需要帮助的人的身上，甘于付出，那你很快就会找到自己的价值，生活会更加丰富，生命也会日益蓬勃。

nǐ zuò zuò yè rèn zhēn ma　　nǐ yǒu méi yǒu fā xiàn　xué xí hǎo de xiǎo péng yǒu zuò zuò yè zǒng
你做作业认真吗？你有没有发现，学习好的小朋友做作业总

shì tè bié rèn zhēn
是特别认真？

sān gēn yǔ máo
46. 三根羽毛

cóng qián　　　 yī wèi lǎo guó wáng bǎ tā de sān ge ér zi dài dào gōng diàn
从前，一位老国王把他的三个儿子带到宫殿

qián　duì tā men shuō　　　　 nǐ men shuí néng bǎ zuì piào liang de gū niang dài huí jiā
前，对他们说："你们谁能把最漂亮的姑娘带回家，

shuí jiù néng zài wǒ sǐ hòu dāng guó wáng　　　 shuō wán　tā bǎ sān gēn yǔ máo chuī xiàng
谁就能在我死后当国王。"说完，他把三根羽毛吹向

kōng zhōng　ràng tā men àn yǔ máo fēi de fāng xiàng zǒu
空中，让他们按羽毛飞的方向走。

dì yī gēn yǔ máo xiàng dōng fēi　dì èr gēn yǔ máo piāo xiàng xī　dì sān gēn
第一根羽毛向东飞，第二根羽毛飘向西，第三根

yǔ máo cháo shàng fēi le yī zhèn hòu luò zài le dì shang　yú shì liǎng ge gē ge
羽毛朝上飞了一阵后落在了地上。于是，两个哥哥

yī ge xiàng dōng yī ge xiàng xī de zǒu le
一个向东一个向西地走了，

sān wáng zǐ què zhǐ néng liú zài yuán dì　tā
三王子却只能留在原地。他

shí fēn nán guò de zuò zài nàr　hū rán
十分难过地坐在那儿，忽然

fā xiàn yǔ máo páng biān yǒu yī shàn àn mén
发现羽毛旁边有一扇暗门。

tā dǎ kāi mén　zǒu dào yī jiān wū zi qián
他打开门，走到一间屋子前。

wū zi zhōng yāng zuò zhe yī zhī féi dà de
屋子中央坐着一只肥大的

lài há ma　　wèn tā yǒu shén me yāo qiú
癞蛤蟆，问他有什么要求，

三王子便说："我要把最美的女人带回家。"大胖蛤蟆拿出一个套着六只小老鼠的、挖空了的红萝卜，让他从屋里随便挑一只小蛤蟆放进去。三王子刚这样做完，小蛤蟆立即变成了美丽非凡的姑娘，而小老鼠和红萝卜则变成了马和马车。

此时，他的两个哥哥回来了。他们不愿意走远路，为了图简便都把自己头一个遇到的农家女子带来了。她们在三王子带的姑娘面前真是相形见绌。于是，三王子成了王位继承人。

小童话中的大启迪

老国王给了每个王子平等的机会，甚至可以说大王子和二王子比小王子更有优势，但是他们马马虎虎，不肯花精力，只有小王子要求要"最美的"，所以说小王子成功的关键在于他对待事情的态度。这个故事就是告诉我们，态度可以决定成败，它甚至比机会更重要。

rú guǒ nǐ kǒu dai li yǒu hǎo chī de   nǐ yuàn yì bǎ tā ná chū lái fēn gěi xiǎo péng yǒu ma
如果你口袋里有好吃的，你愿意把它拿出来分给小朋友吗？

sēn lín li de guài lǎo tóu
47. 森林里的怪老头

cóng qián   sēn lín biān shang zhù zhe yī jiā rén   jiā zhōng de lǎo dà cōng míng
从前，森林边上住着一家人，家中的老大聪明

líng lì   zhāo rén xǐ ài   lǎo èr què bèi rén jiào zuò   shǎ zi   chù chù shòu dào
伶俐，招人喜爱，老二却被人叫做"傻子"，处处受到

qī fu   yǒu yī tiān   lǎo dà yào qù kǎn shù   mǔ qīn gěi le tā yī kuài měi wèi
欺负。有一天，老大要去砍树，母亲给了他一块美味

de jī dàn jiān bing hé yī píng pú táo jiǔ   dāng tā zǒu jìn shù lín hòu   yǒu yī
的鸡蛋煎饼和一瓶葡萄酒。当他走进树林后，有一

ge huī bái tóu fa de xiǎo lǎo tóu zǒu guò lái   shuō   wǒ yòu jī yòu kě   qǐng
个灰白头发的小老头走过来，说："我又饥又渴，请

ràng wǒ chī yī diǎn nǐ de bǐng   hē yī kǒu nǐ de jiǔ ba   kě cōng míng de lǎo
让我吃一点你的饼，喝一口你的酒吧。"可聪明的老

dà huí dá shuō   wǒ wèi shén me yào gěi nǐ
大回答说："我为什么要给你？

gěi le nǐ   wǒ bù jiù shǎo le ma   kuài gěi
给了你，我不就少了吗？快给

wǒ zǒu kāi   suí hòu   tā kāi shǐ kǎn shù
我走开！"随后，他开始砍树。

méi kǎn duō jiǔ   jiù shī shǒu kǎn dào le gē
没砍多久，就失手砍到了胳

bo shang
膊上。

hòu lái   lǎo èr yě dào shù lín li
后来，老二也到树林里

kǎn shù   mǔ qīn zhǐ gěi le tā yī kuài zhān
砍树。母亲只给了他一块沾

zhe huī tǔ de bǐng hé yī píng suān pí jiǔ
着灰土的饼和一瓶酸啤酒。

在森林里，他同样遇到那个小老头，老头向他要吃的，傻子立刻答应了。奇妙的是，当他拿出灰土饼时，出现在面前的是香喷喷的鸡蛋煎饼，那酸啤酒也变成了一瓶好酒。

他们吃完后，小老头说："那边有一棵老树，你砍倒它，在树根里你会找到一样宝贝。"说完他便离开了。傻子照做了，他在树根里竟然发现了一只浑身长着金羽毛的鹅！而且这是一只会下金蛋的鹅。从此以后，再没有人敢欺负"傻子"了。

小童话中的大启迪

故事中的老大自以为聪明，结果不但树没砍成，还伤了自己。"傻"弟弟却因为愿意将自己的午饭分给别人，而获得了一顿美餐，继而还得到了一只能产生财富的金鹅。因此我们可以说，当你与人分享的时候，得到的永远比失去的多。

kàn dào tuǐ yǒu cán jí de xiǎo péng yǒu nǐ shì huì cháo xiào tā hái shì jǐn kě néng de bāng zhù tā
看到腿有残疾的小朋友,你是会嘲笑他还是尽可能地帮助他?

48. 森林里的圣诞树

sēn lín li de shèng dàn shù

shèng dàn jié qián yè sēn lín li de yī kē xiǎo cōng shù zài zì yán zì
圣诞节前夜,森林里的一棵小枞树在自言自

yǔ wǒ duō me xiǎng zuò yī kē shèng dàn shù a páng biān de xiǎo tù zi tīng
语:"我多么想做一棵圣诞树啊!"旁边的小兔子听

dào le jiù shuō děng nǐ zài zhǎng dà xiē jiù huì chéng wéi yī kē kě ài de
到了,就说:"等你再长大些,就会成为一棵可爱的

shèng dàn shù de nǎ zhī xiǎo cōng shù yī tīng zhè huà jiù bēi shāng de shuō bù
圣诞树的。"哪知小枞树一听这话就悲伤地说:"不,

wǒ yǒng yuǎn yě zuò bù liǎo shèng dàn shù
我永远也做不了圣诞树。"

zhè shì wèi shén me ne xiǎo tù zi qí guài de wèn
"这是为什么呢?"小兔子奇怪地问。

xiǎo cōng shù diào xià le yǎn lèi
小枞树掉下了眼泪,

tā shuō yīn wèi wǒ shì yī kē cán fèi
他说:"因为我是一棵残废

de xiǎo shù shù gàn shì wān qū de shuí
的小树,树干是弯曲的,谁

huì yuàn yì xuǎn wǒ zuò shèng dàn shù ne
会愿意选我做圣诞树呢?"

xiǎo tù zi bǎ xiǎo cōng shù de fán
小兔子把小枞树的烦

nǎo gào su le sēn lín li de péng you men
恼告诉了森林里的朋友们。

nà tiān wǎn shang yī jiàn fēi cháng fēi cháng
那天晚上,一件非常非常

měi hǎo de shì qing fā shēng le xiǎo tù
美好的事情发生了:小兔

子把许多美丽的黄叶挂在枞树
最低的枝条上；小松鼠把红色的
草莓点缀在树枝之间；森林里每
只鸟儿都从自己身上拔下一根
最漂亮的彩色羽毛挂在树枝上；
鹿妈妈把一块闪闪发光的冰球
放在了树顶上……

圣诞节的早晨，第一缕阳
光照在了这棵小枞树上，哦，这是一棵多么漂亮的
圣诞树啊！连太阳公公都说世上没有比这更美的
圣诞树了。小枞树高兴地对大家说："啊，你们把我
打扮得多美啊！谢谢，谢谢你们！我愿意永远做你
们的圣诞树！"

小童话中的**大**启迪

这是一个多么温馨的小故事！小枞树树干弯曲，可它在朋友们
的帮助下，实现了自己的理想，成为了一棵漂亮的圣诞树。可见，友爱
在我们的生活中是多么重要的部分。它可以帮助我们度过人
生的困境，使生活更有光彩。

kàn zhe bié de xiǎo péng yǒu zuò zhe xiǎo qì chē lái shàng xué　nǐ huì bù huì xiàn mù tā men
看着别的小朋友坐着小汽车来上学，你会不会羡慕他们？

shén　fāng
49. 神方

yī duì xīn hūn de wáng zǐ hé gōng zhǔ zhèng zài quán guó lǚ xíng　xiǎng dé dào
一对新婚的王子和公主正在全国旅行，想得到
yī ge néng bǎo chí yǒng jiǔ xìng fú de　shén fāng　ér zhè shén fāng　jù yī wèi
一个能保持永久幸福的"神方"。而这神方，据一位
zhì zhě shuō　jiù shì zhǎo dào yī duì wán quán xìng fú de fū fù　xiàng tā men yào
智者说，就是找到一对完全幸福的夫妇，向他们要
yī kuài tiē shēn yī wù de bù piàn　bìng zuò yǒng jiǔ bǎo cún
一块贴身衣物的布片，并做永久保存。

wáng zǐ hé gōng zhǔ yù dào le hěn duō měi mǎn de fū qī　dàn yǒu de wèi
王子和公主遇到了很多美满的夫妻，但有的为
méi yǒu hái zi ér kǔ nǎo　yǒu de yòu xián hái zi tài duō　dōu bù shì wán quán de
没有孩子而苦恼，有的又嫌孩子太多，都不是完全的
xìng fú　zhí dào yǒu yī tiān　tā men kàn jiàn le yī ge kuài lè de mù yáng rén
幸福。直到有一天，他们看见了一个快乐的牧羊人。
tā de qī zi zhèng hǎo dài zhe liǎng ge hái zi lái gěi tā sòng fàn　wáng zǐ hé gōng
他的妻子正好带着两个孩子来给他送饭。王子和公
zhǔ kàn dào tā men yī jiā rú cǐ qīn ài
主看到他们一家如此亲爱
hé mù　jiù wèn tā men shì fǒu shì
和睦，就问他们是否是
shì jiè shang zuì xìng fú de fū fù
世界上最幸福的夫妇，
mù yáng rén huí dá shuō　duì
牧羊人回答说："对，
wǒ men shì de　méi yǒu shuí néng
我们是的。没有谁能
gòu xiàng wǒ men zhè yàng kuài lè
够像我们这样快乐！"

王子就说："我们有一件事求你，请你把你最贴身穿着的衣服撕一块给我们吧！"

听到这句话，牧羊人和他的妻子惊奇地彼此呆望。最后牧羊人说："我们很愿意给你，不过我们连一件多余的破衣都没有。"

就这样，王子和妻子两手空空地回了家。智者问他们旅行有什么收获，王子说："我体会到，'满足'是这个世界上一件难得的宝贝。"智者祝福他们说："你们已经找到了真正的'神方'，好好地保存吧！"

小童话中的大启迪

生活是自己的，快乐也是自己的。我们没有必要用别人所有的来比较自己的生活，用功利的标准来评判自己是否快乐。幸福是一种感觉，物质再丰富，也及不上那一念间的满足。当你满足的时候，万物美好，心灵宁静。

dāng nǐ mí lù de shí hou nǐ shì hài pà de kū qì hái shì xiāng xìn zǒng huì zhǎo dào jiā de
当你迷路的时候，你是害怕地哭泣，还是相信总会找到家的？

shén qí de zhōu guō
50.神奇的粥锅

cóng qián yǒu yí ge xīn dì shàn liáng de xiǎo gū niang tā hé mā ma xiāng
从前，有一个心地善良的小姑娘，她和妈妈相

yī wéi mìng guò zhe qióng kǔ de shēng huó
依为命，过着穷苦的生活。

yī tiān jiā li yòu méi yǒu chī de le xiǎo gū niang biàn xiǎng dào sēn lín
一天，家里又没有吃的了，小姑娘便想到森林

li qù wā yě cài zài nà lǐ tā yù dào yī ge lǎo pó po lǎo pó po sì
里去挖野菜。在那里，她遇到一个老婆婆。老婆婆似

hū zhī dào tā men de kǔ nàn biàn ná chū yī kǒu xiǎo guō sòng gěi xiǎo gū niang gào
乎知道他们的苦难，便拿出一口小锅送给小姑娘，告

su tā shuō rú guǒ dù zi è le nǐ zhǐ yào duì zhe guō shuō xiǎo guō zhǔ
诉她说："如果肚子饿了，你只要对着锅说'小锅，煮

ba tā huì zhǔ chū yī guō xiāng tián de zhōu zhǐ yào nǐ
吧'，它会煮出一锅香甜的粥；只要你

zài shuō bié zhǔ la xiǎo guō tā jiù huì tíng xià lái
再说'别煮啦，小锅'，它就会停下来

le xiǎo gū niang xiè guò lǎo pó po ná zhe shén qí de
了。"小姑娘谢过老婆婆，拿着神奇的

xiǎo guō huí jiā le cóng cǐ xiǎo gū niang
小锅回家了。从此，小姑娘

hé mā ma zài yě bù yòng è dù zi le tā
和妈妈再也不用饿肚子了，她

men tiān tiān dōu néng hē dào xiāng tián
们天天都能喝到香甜

de zhōu
的粥。

yī tiān xiǎo gū niang chū qù
一天，小姑娘出去

了。小姑娘的妈妈说："小锅，煮吧！"它就烧起来了。

可是，妈妈忘记了让小锅停下来的那句话。于是，小

锅就不停地煮呀煮，粥都溢出来了，它还在煮，粥流满

了厨房和整个房子，然后蔓延到隔壁的房子里，又流

进了街道，仿佛要让全世界挨饿的人们都吃饱。

当全村只剩下一座屋子里还没有粥时，小姑娘

终于回来了。她只说了声

"别煮啦，小锅"，神奇的小锅

立刻停下来，不再煮了。那

里的穷人从此都不再

挨饿了。

小童话中的大启迪

故事中的小姑娘虽然贫穷，但是心地善良。在她最困难的时候，

她得到了一口神奇的粥锅。这个故事就是告诉我们，只要我们怀有一颗

善良的心，生活中即使出现挫折也不用害怕，因为帮助我们脱离

困境的力量总会出现。

nǐ shì bù shì zǒng xī wàng zì jǐ néng chéng wéi yī ge wán měi de rén
你是不是总希望自己能成为一个完美的人？

shī luò de yī jiǎo
51. 失落的一角

yǒu yī ge yuán tā quē le yī jiǎo
有一个圆，他缺了一角，

yīn cǐ hěn bù kuài lè yú shì tā dòng shēn qù zhǎo shī luò de yī jiǎo tā
因此很不快乐。于是，他动身去找失落的一角。他

yī biān gǔn yī biān chàng shàng lù la qù zhǎo shī luò de yī jiǎo yīn wèi
一边滚，一边唱："上路啦，去找失落的一角。"因为

quē le yī jiǎo tā gǔn de bù tài kuài yǒu shí tā tíng xià lái gēn xiǎo chóng shuō
缺了一角，他滚得不太快。有时他停下来跟小虫说

shuo huà huò zhě wén wen huā xiāng yǒu shí hou tā chāo guò jiǎ chóng de chē yě
说话，或者闻闻花香。有时候他超过甲虫的车，也

yǒu kě néng bèi jiǎ chóng chāo chē zuì kāi xīn de shì shài tài yáng de shí hou yǒu
有可能被甲虫超车。最开心的是晒太阳的时候，有

hú dié zài shēn shang xiǎo qì
蝴蝶在身上小憩……

tā yù dào guò xǔ duō yī jiǎo kě yǒu de tài xiǎo yǒu de tài dà yǒu
他遇到过许多一角，可有的太小，有的太大，有

de tài jiān yǒu de yòu tài fāng yǒu de gēn běn bù yuàn zuò tā de yī jiǎo yǒu
的太尖，有的又太方，有的根本不愿做他的一角。有

yī huí tā hǎo xiàng zhǎo dào le hé shì de yī jiǎo dàn méi zhuā láo yòu diào
一回，他好像找到了合适的一角。但没抓牢，又掉

le lìng wài yǒu yī huí tā zhuā de tài jǐn bǎ nà yī jiǎo jǐ suì le
了。另外有一回，他抓得太紧，把那一角挤碎了。

hòu lái yǒu yī tiān tā yòu pèng dào lìng wài yī jiǎo tā men zài yī
后来有一天，他又碰到另外一角。他们在一

qǐ zhēn shì hé shì jí le xiàn zài tā shì yī ge wán zhěng de yuán le tā
起真是合适极了！现在他是一个完整的圆了，他

shén me yě bù quē yú shì yuè gǔn yuè kuài kuài de bù néng tíng xià lái gēn
什么也不缺。于是，越滚越快，快得不能停下来跟

小虫说话，快得蝴蝶不能在他身上落脚。但他现在总算可以唱："我找到了我失落的一角。"他唱出的却是："啊啦呀鲁古可格……"天哪！他现在什么都不缺，却再也唱不成歌了。"我懂这里面的道理了。"他停了下来，轻轻地把那一角放下，从容地走开。一边走，一边唱："喔，我要去找失落的一角……"

小童话中的大启迪

你看，当残缺的圆变得完美时，原本拥有的快乐和精彩竟然再不能体会，剩下的仅仅是——完美。每个人都不可能完美，也正是在不断弥补缺陷、追寻完美的过程中，生命才得以进行，人生才变得充实而有意义。所以，不要再为你的缺陷哀叹了，抱着它上路吧，好好享受其中的喜乐和哀愁。

xiǎo péng yǒu yǒu méi yǒu yòng shǒu wā bí zi de huài xí guàn ne　　rú guǒ yǒu　　nǐ kě yào xiǎo xīn
小朋友有没有用手挖鼻子的坏习惯呢？如果有，你可要小心

le o
了哦……

shī zōng de bí zi
52. 失踪的鼻子

yī tiān zǎo chen　　zhù zài mǎ tóu duì miàn de　yī wèi xiān sheng qǐ chuáng le
一天早晨，住在码头对面的一位先生起床了，

dāng tā duì zhe jìng zi zhǔn bèi guā hú zi de shí hou　　tū rán dà jiào qǐ lái
当他对着镜子准备刮胡子的时候，突然大叫起来：

tiān na　　wǒ de bí zi　　　　zhǐ jiàn liǎn shang yuán lái bí zi dāi de dì fang
"天哪！我的鼻子！"只见脸上原来鼻子呆的地方，

xiàn zài shì guāng tū tū de yī kuài　　bí zi　liǎn shang de bí zi bù jiàn le
现在是光秃秃的一块，鼻子，脸上的鼻子不见了！

zhè wèi xiān sheng pǎo shàng yáng tái　　fā xiàn tā de bí zi zhèng chuān guò
这位先生跑上阳台，发现他的鼻子正穿过

guǎng chǎng　　cháo zhe lún chuán mǎ tóu kuài bù qián jìn ne　　　yú shì tā gǎn jǐn xià
广场，朝着轮船码头快步前进呢。于是他赶紧下

lóu　　cōng cōng máng máng qù zhuī gǎn nà táo pǎo de bí zi　　　tā yī miàn zhuī
楼，匆匆忙忙去追赶那逃跑的鼻子。他一面追，

yī miàn yòng shǒu pà wǔ zhe liǎn　　hǎo
一面用手帕捂着脸，好

xiàng dé le zhòng gǎn mào de yàng zi
像得了重感冒的样子。

kě xī de shì　　tā méi yǒu zhuī shàng zì
可惜的是，他没有追上自

jǐ de bí zi　　yě bù zhī dào zhè bí
己的鼻子，也不知道这鼻

zi jiū jìng pǎo dào nǎr　　qù le
子究竟跑到哪儿去了。

jǐ tiān yǐ hòu　　zhè wèi xiān sheng
几天以后，这位先生

的女仆到菜市场买菜，恰
巧看见主人的鼻子正躺
在一堆鲤鱼和梭鱼之间，
于是她赶紧向卖鱼的小
贩买下了这个鼻子，用手
帕小心翼翼地包好，带回
家交给了先生。

那位先生用颤抖的
双手捧着他的鼻子，气呼呼地说："你，你为什么
要溜走？难道我有什么对不起你的地方吗？"鼻子
斜着眼看着他，非常厌恶地说："你听着，从今以后
你别再把手指头放在鼻子里！即使要放，也得把指
甲剪短点！"

小童话中的大启迪

小朋友可不要以为不剪指甲、用手挖鼻子都是些无关紧要的
小毛病。其实呀，这些不讲卫生的坏习惯不仅会害得你生病，还会让
你变成不受欢迎的人。想想看，连你自己的鼻子都因为讨厌
你而要逃跑了，别人还会愿意和你做朋友吗？

nǐ shì yī ge gū dú de hái zi ma   nǐ shì bù shì zǒng hài pà hé bié rén xiāng chǔ
你是一个孤独的孩子吗？你是不是总害怕和别人相处？

shì shang zhǐ yǒu xiǎo bā lè yī ge rén
53. 世上只有小巴勒一个人

zǎo chen xiǎo bā lè qǐ chuáng le   bà ba mā ma dōu bù zài jiā   jiā li zhǐ
早晨，小巴勒起床了。爸爸妈妈都不在家，家里只

yǒu tā yī ge rén   bā lè zǒu chū jiā mén   jiē shang yě yī ge rén dōu méi yǒu
有他一个人。巴勒走出家门，街上也一个人都没有。

zhěng gè yáng guāng zhào yào de shì jiè   jiù zhǐ yǒu xiǎo bā lè yī ge rén
整个阳光照耀的世界，就只有小巴勒一个人……

tā zǒu jìn táng guǒ diàn   zhuā le yī kuài qiǎo kè lì tián zài zuǐ li   tā
他走进糖果店，抓了一块巧克力填在嘴里。他

zhī dào zhè yàng zuò bù hǎo   bù guò   jì rán zhè shì jiè shang jiù shèng tā yī ge
知道这样做不好，不过，既然这世界上就剩他一个

rén   nà me hái yǒu shuí lái zé mà tā ne   bā lè jué de   shì jiè shang zhǐ
人，那么还有谁来责骂他呢？巴勒觉得，世界上只

shèng tā yī ge rén   zhēn hǎo   bā lè zǒu
剩他一个人，真好。巴勒走

jìn yóu lè chǎng nàr   zhī zhe yī jià qiāo qiāo
进游乐场，那儿支着一架跷跷

bǎn   zhè huí kě yǐ wán ge tòng kuài le   kě
板——这回可以玩个痛快了！可

zhè qiāo qiāo bǎn yī ge rén wán bù qǐ
这跷跷板一个人玩不起

lái   shuí zuò zài qiāo qiāo bǎn de lìng yī
来，谁坐在跷跷板的另一

tóu ne   ài   yào shì tā de xiǎo péng
头呢？唉，要是他的小朋

yǒu zài zhè lǐ gāi yǒu duō hǎo a   yuán lái
友在这里该有多好啊！原来，

shì jiè shang zhǐ shèng yī ge rén bìng bù kuài huó
世界上只剩一个人并不快活。

巴勒很想念他的小伙伴，很想念爸爸妈妈。

真奇怪，这些人都到哪儿去了呢？他来到飞机场，那里停着一架银亮银亮的飞机。巴勒坐进了飞机座舱，把飞机直往高处开。飞机升呀升呀，几乎要碰到星星。猛地，飞机撞上了什么了。不用说，这是撞到月亮了。可怜的小巴勒，他头朝地往下栽……

巴勒放开嗓门大叫，一下子就醒了。他躺在自己的小床上——原来，这一切只不过是个梦！

小童话中的大启迪

在生活中，我们总会接触到许许多多的人，在交往的过程中必定会产生摩擦、发生不快，但我们不能因此就拒绝交际。因为，正是在交往中，才能找到爱、找到生活的快乐和意义呀。敞开心扉吧，让别人走进来，也走进别人的生命。

yǒu yī ge xiǎo péng yǒu shì shù xué tiān cái　kě tǐ yù bù zěn me hǎo　tā shì gāi qù cān jiā shù
有一个小朋友是数学天才，可体育不怎么好，他是该去参加数
xué jìng sài ne　hái shì gāi qù cān jiā tǐ yù bǐ sài
学竞赛呢，还是该去参加体育比赛？

shū fǎ jiā
54. 书法家

cóng qián yǒu yī ge rén　tā
从前有一个人，他
de gōng zuò yāo qiú tā xiě yī shǒu piào
的工作要求他写一手漂
liang de zì　tā néng mǎn zú tā gōng
亮的字。他能满足他工
zuò shang qí tā fāng miàn de suǒ yǒu yāo
作上其他方面的所有要
qiú　jiù shì xiě bù chū lái piào liang
求，就是写不出来漂亮
de zì　yú shì tā zhǎo le yī ge
的字。于是他找了一个
néng xiě piào liang zì de rén bāng tā chāo xiě　nà rén
能写漂亮字的人帮他抄写。那人
xiě chū de zì jiù gēn dǎ zì jī dǎ chū lái de yī yàng piào liang
写出的字就跟打字机打出来的一样漂亮。

yǒu gōng zuò de zhè wèi xiān sheng hěn yǒu xiē xiě wén zhāng de cái qì　dāng tā
有工作的这位先生很有些写文章的才气，当他
de wén zhāng yóu xiě zì de rén yòng fēi cháng hǎo kàn de zì tǐ xiě chū lái shí　dà
的文章由写字的人用非常好看的字体写出来时，大
jiā dōu yì kǒu tóng shēng de chēng zàn zhe　xiě de zhēn piào liang　xiě zì de rén
家都异口同声地称赞着："写得真漂亮！"写字的人
tīng le　dé yì de xiǎng　zhè dōu shì wǒ de gōng láo　tā kāi shǐ jiāo ào qǐ
听了，得意地想："这都是我的功劳。"他开始骄傲起
lái　yě pàn wàng zì jǐ chéng wéi nà ge yǒu zhí wù de rén　yú shì tā kāi shǐ
来，也盼望自己成为那个有职务的人。于是他开始

写作，而且想把所有的作家都打垮。他待在家里，写起关于绘画和雕塑、戏剧和音乐的文章来。

如果他去教书法，那他可能会成为一个很好的书法教师。但如果他想写作，那写出的只能是一大堆可怕的废话。当这些东西写得太糟了的时候，他在第二天又写，说那是排字的错误。事实上他所写的东西并不是排字的错误，可是在读文章的过程中，人们看到的不是他唯一拿手的东西——漂亮的书法，这实在是一件不幸的事情！

小童话中的 大启迪

会写字的人长处在于写字，可他偏想去当完全不适合自己的作家，结果一事无成，还虚度了光阴。我们应该努力认识自己，看清自己的优势和不足。如果一个劲地钻在自己的不足里，就等于是把缺陷无限扩大，不但不能创造价值，还会将自己本身的特质和优点埋没，那是非常可笑和可惜的。

yào bǎ yī duī luàn qī bā zāo de xiàn rào chéng yī ge xiàn tuán shǒu xiān yào zuò de shì shén me
要把一堆乱七八糟的线绕成一个线团，首先要做的是什么？

rú guǒ yù dào dǎ jié de dì fang gāi zěn me bàn
如果遇到打结的地方该怎么办？

shǔ bù qīng de yuè liang
55. 数不清的月亮

xiǎo gōng zhǔ bìng le yù yī men shù shǒu
小公主病了。御医们束手

wú cè guó wáng wèn nǚ ér xiǎng yào shén me
无策。国王问女儿想要什么，

xiǎo gōng zhǔ shuō tā xiǎng yào tiān shang de yuè liang
小公主说她想要天上的月亮。

kě dà chén men shuō yuè liang shì rè tóng zuò
可大臣们说月亮是热铜做

de hé zhěng gè guó jiā yī yàng dà zhāi
的，和整个国家一样大，摘

bù xià lái zuì hòu hái shì gōng li de xiǎo
不下来。最后还是宫里的小

chǒu shuō bù rú wèn wen xiǎo gōng zhǔ tā yǎn li de yuè liang shì shén me
丑说："不如问问小公主，她眼里的月亮是什么？"

xiǎo gōng zhǔ gào su xiǎo chǒu yuè liang bǐ wǒ shǒu zhǐ jia xiǎo yī diǎn yīn
小公主告诉小丑："月亮比我手指甲小一点，因

wèi wǒ shēn chū shǒu zhǐ fàng zài yǎn qián biàn bǎ yuè liang dǎng zhù le xiǎo chǒu yòu
为我伸出手指放在眼前，便把月亮挡住了。"小丑又

wèn yuè liang shì yòng shén me zuò de gōng zhǔ shuō dà gài shì jīn zi ba yú
问月亮是用什么做的，公主说："大概是金子吧。"于

shì xiǎo chǒu ràng gōng jiàng yòng jīn zi dǎ zào le yī ge xiǎo yuè liang sòng gěi gōng
是小丑让工匠用金子打造了一个小月亮，送给公

zhǔ xiǎo gōng zhǔ kāi xīn jí le bìng yě hǎo le
主。小公主开心极了，病也好了。

kě zhè yàng yī lái guó wáng yòu fā chóu le rú guǒ nǚ ér kàn dào tiān
可这样一来，国王又发愁了，如果女儿看到天

上又升起了一个月亮，那不糟了？于是有的大臣建议给公主戴副墨镜，有的大臣说可以在晚上放烟火，把月亮挡住。可这些方法国王都不满意，最后还是小丑说："陛下，我们还是问问小公主吧。"

小丑问公主："月亮既然在你脖子上，怎么能同时又挂在天空中呢？"小公主笑了，说："你真傻，这有什么可奇怪的。我掉了一颗牙之后便又长出一颗新牙。采掉一朵花后又会长出一朵新的花。月亮也是这样，什么事都是这样。"

小童话中的大启迪

为什么问题到了小丑那里，就变得这么容易了呢？这是因为只有他是从小公主的想法出发，去解决问题的。这个故事是告诉我们，不要以自己的想法代替别人的想法，遇到问题的时候，要找到问题的根源和关键，这样才能找到切实的解决方法。

xiǎo péng yǒu kěn dìng xiǎng guò　　zhǎng dà hòu yào yǒu chū xi　　hǎo hǎo bào dá bà ba mā ma　　nà zài
小朋友肯定想过，长大后要有出息，好好报答爸爸妈妈，那在
xiàn zài hái xiǎo de shí hou shì bù shì yě néng zuò diǎn shén me ne
现在还小的时候是不是也能做点什么呢？

sōng shǔ hé lì zi
56.松鼠和栗子

yǒu zhī sōng shǔ jiǎn dào yī ge lì zi　　gāo xìng de bù dé liǎo　　tā hěn
有只松鼠捡到一个栗子，高兴得不得了。他很
zhēn xī nà ge lì zi　　xiǎng yào wèi lì zi zhǎo ge jì wēn nuǎn yòu shū shì de
珍惜那个栗子，想要为栗子找个既温暖又舒适的
jiā　　kě yǐ ràng tā hé lì zi gòng dù měi hǎo de shēng huó　　tā zài sēn lín li
家，可以让他和栗子共度美好的生活。他在森林里
zhuàn ya zhuàn zhōng yú zhǎo dào yī ge bù cuò de dì fang　　tā bǎ lì zi fàng xià
转呀转，终于找到一个不错的地方。他把栗子放下，
ràng lì zi ān xīn děng dài　　zì jǐ zé kāi shǐ wā dòng
让栗子安心等待，自己则开始挖洞。

tā yī xīn xiǎng zhe　　dòng wā de yuè shēn yuè hǎo　　suǒ yǐ yī zhí wǎng lǐ
他一心想着，洞挖得越深越好，所以一直往里
wā　　hǎo jiǔ dōu méi yǒu chū lái　　děng dào tā zhōng yú jué de mǎn
挖，好久都没有出来。等到他终于觉得满
yì　　zài cì zuān chū lái　　yào bǎ lì zi bào jìn qù shí
意，再次钻出来，要把栗子抱进去时，
què fā xiàn lì zi bù jiàn le
却发现栗子不见了！

tā shāng xīn de zuò zài
他伤心地坐在
dòng kǒu　　hū rán tīng dào yī ge
洞口，忽然听到一个
xì xiǎo de shēng yīn　　　wǒ jiù
细小的声音："我就
shì nǐ yào zhǎo de lì zi　wǒ
是你要找的栗子，我

已经不是栗子了，我成了一棵小树！"松鼠猛然一惊，发现洞旁确实多了棵小树。

"你怎么不等我？我是为了给你预备个好住处，才去打地洞的呀！你怎么变成这样了呢？"松鼠问。"我不能控制自己不改变呀！"栗子说，"其实，我根本不希望你为我预备什么好地方，我只希望你能陪着我一起过日子。"

松鼠懊丧地靠着小树坐着，风轻轻拂过他的面颊，四周一片宁静。他和小树都知道：他们原本可以快乐地一起度过一段时光，但却错过了，而错过的一切，再也回不来了。

小童话中的大启迪

有时候，人就像童话中的那颗栗子，无法控制自己的改变。有时候，人也像松鼠，为了将一切都做得如意而去忘我奋斗，却忽视了身边已有的东西。小朋友们要知道，在去追求理想的同时，不能忽视身边的事物，机会有时就在你的周围，千万不能让它溜走。不要说等长大了再孝顺父母，从现在你就可以做起。

duì yú nà xiē bà ba mā ma bù zhǔn nǐ zuò de shì　nǐ shì bù shì gǎn dào hěn hào qí　fǎn ér
对于那些爸爸妈妈不准你做的事，你是不是感到很好奇，反而
tè bié xiǎng qù zuò
特别想去做？

tè lù dé fū rén
57. 特露德夫人

cóng qián yǒu ge xiǎo nǚ hái　tā jì gù zhí yòu hào qí　fù mǔ duì tā
从前有个小女孩，她既固执又好奇，父母对她
shuō shén me　tā dōu tīng bù jìn qù　yǒu yī tiān　tā duì fù mǔ shuō　wǒ
说什么，她都听不进去。有一天，她对父母说："我
xiǎng qù kàn kan tè lù dé fū rén　rén men dōu shuō tā jiā li jìn shì xiē gǔ guài
想去看看特露德夫人，人们都说她家里尽是些古怪
de dōng xi　tā shēn biān de yī qiè kàn shàng qù dōu hěn qí tè　kě shì fù mǔ
的东西，她身边的一切看上去都很奇特。"可是父母
shuō tè lù dé fū rén shì ge huài nǚ rén　jiān jué bù tóng yì tā qù
说特露德夫人是个坏女人，坚决不同意她去。

nǚ hái bù gù fù mǔ de fǎn duì　hái shì qù zhǎo le tè lù dé fū rén
女孩不顾父母的反对，还是去找了特露德夫人。
tā dào le tè lù dé fū rén nàr　tè lù dé
她到了特露德夫人那儿，特露德
fū rén wèn tā　nǐ de liǎn sè wèi shén me
夫人问她："你的脸色为什么
zhè me cāng bái　tā hún shēn bù zhù de chàn
这么苍白？"她浑身不住地颤
dǒu shuō　yīn wèi wǒ kàn dào de dōng xi bǎ
抖，说："因为我看到的东西把
wǒ xià huài le　wǒ kàn jiàn nǐ de lóu tī shang
我吓坏了！我看见你的楼梯上
yǒu ge hēi qū qū de rén　nà shì ge shāo
有个黑黢黢的人。""那是个烧
tàn de　tè lù dé fū rén gào su tā　nǚ
炭的。"特露德夫人告诉她。女

孩又说:"接着我还看到一个青绿的人。"

"那是个蜡人。"特露德夫人说。女孩又说她还看到一个血红的人,特露德夫人说那是屠夫。

最后,女孩说:"可是我透过窗户没看见你,却看见一个火头妖怪。""噢,"特露德夫人说,"那你看到了女巫的真面目。我已经等你很久了,我要让你给我发光。"说完,她把女孩变成一块木头,扔进了火炉。当木块燃烧起来时,特露德夫人坐下来,开始在火边取暖。

小童话中的大启迪

这个故事真可怕,没想到好奇心也能让人送命呢!小朋友们年纪还小,生活经验还不丰富,所以应该多听爸爸妈妈的话。人虽然要有探索的精神,但不可能、也没必要事事都亲身经历,对于那些已经证明了的危险事情尤其不能尝试,不然就不是勇敢,而是愚蠢固执了。

dà sǎo chú de shí hou   shì bù shì yǒu tóng xué kàn lǎo shī lái le jiù gàn de tè bié mài lì   lǎo
大扫除的时候，是不是有同学看老师来了就干得特别卖力，老

shī yī zǒu jiù bù yuàn gàn le
师一走就不愿干了？

tiào   gāo   zhě
58. 跳高者

　　　　yǒu yī cì   tiào zao   zhà měng hé shēn tǐ páng dà de wán jù tiào é xiǎng bǐ
　　有一次，跳蚤、蚱蜢和身体庞大的玩具跳鹅想比

bǐ shuí tiào de zuì gāo   tā men yāo qǐng hěn duō rén guān kàn zhè ge wěi dà de chǎng
比谁跳得最高。它们邀请很多人观看这个伟大的场

miàn   guó wáng shuō   shuí tiào de zuì gāo   wǒ jiù bǎ nǚ ér jià gěi shuí
面。国王说："谁跳得最高，我就把女儿嫁给谁！"

　　　　tiào zao dì yī ge chū chǎng   tā fēi cháng yǒu lǐ mào de xiàng zhōu wéi de rén
　　跳蚤第一个出场，他非常有礼貌地向周围的人

jìng lǐ   jiē zhe shì zhà měng chū chǎng   tā hěn cū bèn   dàn shēn tǐ fēi cháng
敬礼。接着是蚱蜢出场。他很粗笨，但身体非常

hǎo kàn   chuān zhe yī tào tiān shēng de lǜ zhì fú   tiào zao hé zhà měng dōu rèn
好看，穿着一套天生的绿制服。跳蚤和蚱蜢都认

wéi zì jǐ wán quán yǒu zī gé hé yī wèi gōng zhǔ
为自己完全有资格和一位公主

jié hūn   zhǐ yǒu tiào é yī jù huà yě bù shuō
结婚。只有跳鹅一句话也不说。

　　　　xiàn zài tā men yào tiào le   tiào zao
　　现在他们要跳了。跳蚤

tiào de fēi cháng gāo   dàn shuí yě kàn bù
跳得非常高，但谁也看不

jiàn tā   yīn cǐ   dà jiā jiù shuō tā
见他。因此，大家就说他

wán quán méi yǒu tiào   zhà měng tiào de
完全没有跳。蚱蜢跳得

bù dào tiào zao yī bàn gāo   kě shì
不到跳蚤一半高，可是

他是对着国王的脸跳过来的，这对国王来说简直是种侮辱。跳鹅站着沉思了好一会儿，接着笨拙地一跳，跳到了公主的膝上。公主坐在一个矮矮的金凳子上。国王说："跳到我女儿身上的就算是跳得最高的了，因为这就是跳高的目的。"所以，最后跳鹅得到了公主。

跳蚤说："我是跳得最高的，但在这个世界里，一个人如果想让人看见的话，必须有身材才行。"那只蚱蜢仔细思索了一番，不禁也说："身材是重要的！身材是重要的！"

小童话中的大启迪

跳蚤跳得最高，但无人承认；跳鹅因为能投机取巧，所以即使跳得最低也能得到公主。社会有时候就是这样不公平，我们也许不能改变它，但我们至少应该洁身自好，不要趋炎附势、同流合污。如果人人都这样要求自己，那公平正义的力量自然会取得胜利。

xiǎo péng yǒu wèn yī wèn zì jǐ yǒu méi yǒu zuò guò shén me bù hǎo de shì ér méi gào su bà
小朋友，问一问自己，有没有做过什么不好的事而没告诉爸

ba mā ma
爸妈妈？

tōu cáng de liǎng fēn qián
59.偷藏的两分钱

yǒu yī huí yī duì fū fù qǐng yī ge péng you dào
有一回，一对夫妇请一个朋友到

jiā li zuò kè zhōng wǔ diǎn de shí hou kè rén kàn
家里做客。中午12点的时候，客人看

jiàn mén kāi le yī ge chuān zhe bái yī fu miàn róng cāng
见门开了，一个穿着白衣服、面容苍

bái de hái zi zǒu le jìn lái tā yī jù huà
白的孩子走了进来。他一句话

yě bù shuō zhí jiē jiù zǒu jìn le páng biān de yī
也不说，直接就走进了旁边的一

ge xiǎo fáng jiān li bù yī huìr tā yòu yī
个小房间里。不一会儿，他又一

shēng bù kēng de zǒu le chū lái lí kāi le zhè jiā de
声不吭地走了出来，离开了这家的

dà mén kè rén jué de qí guài jiù wèn zhǔ rén nà hái zi shì shuí kě shì zhǔ
大门。客人觉得奇怪，就问主人那孩子是谁，可是主

rén huí dá shuō wǒ shén me rén yě méi kàn jiàn ya
人回答说："我什么人也没看见呀。"

dì èr tiān hái zi yòu lái le kè rén lì kè zhǐ gěi zhǔ rén kàn kě
第二天，孩子又来了，客人立刻指给主人看，可

shì zhǔ rén hái shi kàn bù jiàn zhǔ fù yě shén me dōu méi kàn dào kè rén yú
是主人还是看不见，主妇也什么都没看到。客人于

shì zǒu dào fáng jiān mén kǒu bǎ mén shāo shāo dǎ kāi yī diǎnr tā kàn jiàn nà
是走到房间门口，把门稍稍打开一点儿。他看见那

hái zi zuò zài dì shang yòng shǒu zhǐ shǐ jìn zài dì bǎn fèng li kōu zhe shén me
孩子坐在地上，用手指使劲在地板缝里抠着什么。

当孩子看到客人时，立刻就消失了。

客人把看到的情景告诉了夫妇俩，还仔细描述了孩子的样子。主妇听完后，哭了起来，说道："那是我可怜的孩子呀，可他在一个月前已经死了！"他们来到房间，在孩子刚才挖的地方打开了一块地板，发现里面有两分钱。原来，这是有一回母亲让他送给一个穷人的，可这孩子想用这两分钱给自己买糖吃，于是把钱藏了起来。

后来，做父亲的把这钱给了穷人，这孩子就不再出现了。

小童话中的大启迪

故事里的小孩，把送给穷人的钱自己藏了起来，所以他即使死了，灵魂也得不到安宁。我们不仅要有帮助别人的心，而且一定要诚实，做事情要光明磊落、问心无愧。只有坦荡的胸怀才能让我们的人生没有遗憾、没有后悔，获得心灵的宁静。

bān li yào jìng xuǎn bān gàn bù　　nǐ huì yǒng gǎn de qù zhēng qǔ ma
班里要竞选班干部，你会勇敢地去争取吗？

tuó niǎo de ài
60.鸵鸟的爱

mǒu ge xīng qī tiān　　tuó niǎo xiān sheng zài gōng yuán li　kàn dào le zhèng zài sàn
某个星期天，鸵鸟先生在公园里看到了正在散
bù de tuó niǎo xiǎo jiě　　lì kè ài shàng le tā　　qīng qīng de gēn zài tā hòu miàn
步的鸵鸟小姐，立刻爱上了她，轻轻地跟在她后面。

xīng qī yī　　tā sòng le yī shù zǐ luó lán gěi tā　　kě shì bù gǎn qīn zì
星期一，他送了一束紫罗兰给她，可是不敢亲自
sòng dào tā shǒu zhōng　　zhǐ néng qiāo qiāo de fàng zài mén kǒu　kě shì　tā hěn kuài lè
送到她手中，只能悄悄地放在门口。可是，他很快乐。

xīng qī èr　　tā wèi tā zuò le yī shǒu qǔ zi　　bù tíng de chàng le yī
星期二，他为她作了一首曲子，不停地唱了一
zhěng tiān　　dāng rán　zhǐ shì chàng gěi zì jǐ tīng
整天。当然，只是唱给自己听。

xīng qī sān　　tā zài cān guǎn zhōng
星期三，他在餐馆中
kàn jiàn le tā　　gāo xìng de wàng le wèi
看见了她，高兴得忘了为
zì jǐ jiào dōng xi chī　　tā xīng fèn de
自己叫东西吃。他兴奋得
lián jī è dōu jué de kuài lè
连饥饿都觉得快乐。

xīng qī sì　　tā xiě le yī shǒu
星期四，他写了一首
shī　　zhè shì tā dì yī cì chuàng zuò
诗。这是他第一次创作，
dàn shì tā méi yǒu yǒng qì xiàn gěi tā
但是他没有勇气献给她。

xīng qī wǔ　　tā mǎi le tào xī
星期五，他买了套西

装。他整整羽毛，觉得自己英俊潇洒，他渴望她注意到他的新装——当然，她没有。

星期六，他梦见自己和鸵鸟小姐翩翩共舞，醒来之后，觉得神清气爽，心情愉悦极了。

又是星期天，他走向公园。当他再次见到鸵鸟小姐在散步时，心都要跳出来了。但是他对自己说："啊！这个星期太愉快了！可是我真不敢和她说话，我怎敢向她表达自己的爱恋呢！也许，下次有机会再说吧！"

小童话中的大启迪

鸵鸟先生只会空想，却没有勇气行动。虽然行动可能导致失败，但不行动永远不会成功。要知道机会稍纵即逝，如果不及时抓住，那就只能徒留后悔，这比任何结局都要糟糕。勇敢地追求心中的理想吧，不要让自己的人生留有遗憾。

wán pí de hái zi
61. 顽皮的孩子

zài yī ge bào fēng yǔ de wǎn shang　yī ge lǎo shī rén zuò zài lú páng kǎo
在一个暴风雨的晚上，一个老诗人坐在炉旁烤
huǒ　hū rán　xiǎng qǐ le yī zhèn qiāo mén shēng　lǎo shī rén dǎ kāi mén　kàn dào
火。忽然，响起了一阵敲门声，老诗人打开门，看到
mén wài zhàn zhe yī ge méi yǒu chuān yī fu de xiǎo hái zi　tā ná zhe yī bǎ piào
门外站着一个没有穿衣服的小孩子，他拿着一把漂
liang de gōng　dòng de zhí dǎ duō suo
亮的弓，冻得直打哆嗦。

lǎo shī rén bǎ hái zi lā jìn wū　bāng tā nòng gān shēn shang de yǔ shuǐ
老诗人把孩子拉进屋，帮他弄干身上的雨水，
wèi tā qǔ nuǎn　lǎo shī rén wèn hái zi jiào shén me míng zi　hái zi shuō　wǒ
为他取暖。老诗人问孩子叫什么名字，孩子说："我
jiào qiū bǐ tè　nǐ bù rèn shi wǒ ma　wǒ de gōng jiù zài zhèr　nǐ zhī
叫丘比特。你不认识我吗？我的弓就在这儿。你知
dào　wǒ jiù shì yòng tā shè jiàn de　bù guò nǐ de gōng yǐ jīng bèi yǔ shuǐ
道，我就是用它射箭的！""不过你的弓已经被雨水
nòng huài le　lǎo shī rén shuō　hái zi
弄坏了。"老诗人说。孩子

bǎ gōng ná qǐ lái　kàn le yī kàn　rán hòu
把弓拿起来，看了一看，然后
chā shàng jiàn　bǎ xián yī lā　xiàng zhè
插上箭，把弦一拉，向这
wèi lǎo shī rén de xīn zhōng shè qù
位老诗人的心中射去。
qǐng nǐ xiàn zài kàn kan wǒ de gōng
"请你现在看看我的弓
sǔn huài le méi yǒu　shuō wán
损坏了没有！"说完，

他大笑了一声，就跑掉了。

老诗人哭了起来，他说："这个丘比特真是顽皮！我要把这件事告诉所有的好孩子，叫他们当心，不要跟他一起玩耍！"

所有的好孩子——女孩子和男孩子们——听到了他讲的这个故事，都对这个顽皮的孩子有了戒心。然而他还是骗过了他们，因为他非常伶俐，总是悄悄跟着每一个人，然后把箭射进他们的心里。他有一次还射中了你爸爸和妈妈的心呢，你只需问问他们，就可以听到一段故事。

小童话中的大启迪

丘比特是个顽皮又快乐的孩子，当他把箭射到一个人心里去的时候，这支箭就燃起了爱情之火。爱情无处不在，在老年人和年轻人中都存在。由于爱情的存在，生命中充满了生气和希望，当然也有了喜怒和哀愁，人生也因此变得丰富多彩。

rú guǒ bié rén gào su nǐ mǒu ge xiǎo péng yǒu yǒu zhè yàng nà yàng de quē diǎn nǐ shì bù shì jiù
如果别人告诉你某个小朋友有这样那样的缺点，你是不是就

bù yuàn zài hé zhè ge xiǎo péng yǒu yī qǐ wán le
不愿再和这个小朋友一起玩了？

wán quán shì zhēn de
62. 完全是真的

yī zhī mǔ jī yòng zuǐ zhuó le zì jǐ jǐ xià nòng de yǒu yī gēn xiǎo yǔ
一只母鸡用嘴啄了自己几下，弄得有一根小羽

máo luò xià lái le tā shuǎng lǎng de shuō wǒ yuè bǎ zì jǐ zhuó de lì hai
毛落下来了，她爽朗地说："我越把自己啄得厉害，

wǒ jiù yuè piào liang zhàn zài tā páng biān de mǔ jī tīng dào le rěn bù zhù jiù
我就越漂亮！"站在她旁边的母鸡听到了，忍不住就

pǎo qù duì lín jū shuō yǒu yī zhī mǔ jī tā wèi le yào hǎo kàn jū rán
跑去对邻居说："有一只母鸡，她为了要好看，居然

zhuó diào zì jǐ de yǔ máo jiǎ rú wǒ shì gōng jī de huà wǒ kě zhēn qiáo bu
啄掉自己的羽毛。假如我是公鸡的话，我可真瞧不

qǐ tā
起她！"

zhù zài shù shang de māo tóu yīng mā ma
住在树上的猫头鹰妈妈

tīng dào le tā men de duì huà tā fēi dào
听到了她们的对话，她飞到

lín jū jiā duì lín jū shuō yǒu
邻居家，对邻居说："有

yī zhī mǔ jī tā bǎ tā de yǔ máo
一只母鸡，她把她的羽毛

dōu zhuó diào le xiǎng tǎo hǎo gōng jī
都啄掉了，想讨好公鸡！

tā yī dìng huì dòng sǐ de jiǎ
她一定会冻死的——假

rú tā xiàn zài hái méi yǒu sǐ de huà
如她现在还没有死的话。"

这些话被鸽子笼里面的鸽子听见了，它们望着下边的养鸡场咕咕地叫："有一只母鸡，也有人说是两只，她们把所有的羽毛都啄掉，为的是与众不同，借此引起公鸡的注意。这样容易伤风，她们现在都死了。"

接着，这个故事又从一个鸡窝传到另一个鸡窝，依次传递，最后变成："五只母鸡把自己的羽毛都啄得精光，为的是要显示出她们之中谁因为和那只公鸡失恋而变得最消瘦。后来她们相互啄得流血，以至同归于尽。"

小童话中的**大**启迪

一根小小的羽毛被添油加醋，最后演变成一场流血事件，每个传播的人都还振振有辞得有如亲眼所见——流言就是这样的可怕又可笑。小朋友们对待事情应该有自己的鉴别能力，切不可瞎传话，对于自己不了解的事也不要人云亦云、妄加评判，而应该实事求是，能够对自己所说的话负责。

měi tiān dōu yào shàng xué　měi tiān dōu yǒu zuò yè zuò　zuò xué sheng de rì zi shì bù shì hěn xīn
每天都要上学，每天都有作业做，做学生的日子是不是很辛
kǔ ne
苦呢？

63. 蜗牛的悲哀
wō niú de bēi āi

yǒu yī zhī wō niú
有一只蜗牛。

yǒu yī tiān　nà zhī wō niú xiǎng dào le yī jiàn bù dé liǎo de shì　zhí
有一天，那只蜗牛想到了一件不得了的事："直
dào xiàn zài　wǒ dōu méi yǒu zhù yì dào　wǒ bèi shang de ké lǐ miàn　bù shì zhuāng
到现在，我都没有注意到，我背上的壳里面，不是装
mǎn le bēi āi ma
满了悲哀吗？"

zhè ge bēi āi zěn me chǔ lǐ hǎo ne
这个悲哀怎么处理好呢？

yú shì　wō niú qù zhǎo tā de wō niú péng you　wō niú duì tā de péng
于是，蜗牛去找他的蜗牛朋友。蜗牛对他的朋
you shuō　wǒ yǐ jīng huó bù xià qù le
友说："我已经活不下去了。"

péng you wèn tā　zěn me lā
朋友问他："怎么啦？"

wǒ shì duō me
"我是多么
de bù xìng a　wǒ bèi
的不幸啊！我背
shang de ké lǐ miàn zhuāng
上的壳里面装
mǎn le bēi āi　wō
满了悲哀。"蜗
niú shuō
牛说。

然后，朋友说话了："不只是你，我的背上也装满了悲哀。"

蜗牛心想，真没办法，只好再去找别的蜗牛诉苦。然而，其他的蜗牛朋友也说："不只是你，我的背上还不是也装满了悲哀。"

于是蜗牛又到别的朋友那里去。就这样，他一个又一个地寻访朋友，但是，不管是哪个朋友，说的都是一样的话。终于，那只蜗牛注意到了："不只是我，每个人都有悲哀。我必须化解自己的悲哀才行。"

小童话中的大启迪

生命中是有很多悲苦的，但要看你怎么看待它。如果只是背着愁苦过日子，一味消沉失望，那生活会愈加无趣痛苦、难以忍受。但如果你尝试着化解它们，在愁苦中找到存在的意义，那也会从中不断得到乐趣。而且，你相信吗？人生的悲苦是必需的，只有通过它，那些快乐、喜悦和幸福才会显得如此美好，弥足珍贵。

当高年级的大哥哥欺负你的时候，你是勇敢地反抗，还是默默地忍受？

64. 无畏的小乔万尼

从前，有一个小伙子，被人称作无畏的小乔万尼。有一次，他来到一幢楼前，别人都说没有人能从那里活着出来，可他带着一盏油灯就进去了。

半夜，从烟囱里传来一个声音："我下来？"小乔万尼说："下来吧！"烟囱里掉下两条人腿。随后那个声音又说："我下来？"小乔万尼说："下来吧！"两条胳膊也掉下来了。就这样，那声音和小乔万尼一问一答，又掉下来一个身子，一个脑袋，它们组合在一起成了一个巨人。

巨人对小乔万尼说："拿着灯，来。"小乔万尼拿起灯，但没

动。巨人又说:"你在前边走!"

"你先走。"小乔万尼说。于是,巨人先动了,他带着小乔万尼来到楼梯下的一间小屋,指着地上的一块石板说:"搬起来!""你搬!"小乔万尼说。巨人搬走了石板,石板下边是一大罐金币。巨人说:"抬起来!""你抬!"小乔万尼说。巨人把罐子抬了上来,随后和小乔万尼回到那个有烟囱的客厅,说:"我的法力失灵了!金币和这幢楼都归你。"说完,他就消失了。

无畏的小乔万尼就这样成了富人,快乐地住在那幢楼里。

小童话中的大启迪

为什么巨人在小乔万尼面前,法力就会失灵呢?这是因为小乔万尼不仅没有被巨人可怕的样子吓倒,而且面对巨人的要求,他能够勇敢地说"不"。小朋友们要记住,软弱是不能战胜强权的,只有坚强勇敢,才能破除人世间一切不正义的力量。

rú guǒ tóng xué men tuī jiàn nǐ qù cān jiā yǎn jiǎng bǐ sài nǐ huì bù huì qiān xū de shuō wǒ
如果同学们推荐你去参加演讲比赛，你会不会谦虚地说："我
de pǔ tōng huà fā yīn bù tài zhǔn wǒ shēng yīn bù gòu xiǎng liàng wǒ
的普通话发音不太准，我声音不够响亮，我……"

xiǎng tiào wǔ de xiǎo māo
65. 想跳舞的小猫

fú ruì dá shì yī zhī hěn xiǎng tiào wǔ de xiǎo māo tā zǒng shì shì zhe zuò
弗瑞达是一只很想跳舞的小猫。他总是试着做
yī ge kōng zhōng xuán zhuǎn dàn měi cì dōu liǎn cháo xià shuāi zài dì shang ō
一个空中旋转，但每次都脸朝下摔在地上。"噢，
tiān na fú ruì dá shāng xīn de shuō wǒ duō me xiǎng tiào wǔ a mā ma
天哪，"弗瑞达伤心地说，"我多么想跳舞啊！"妈妈
tīng jiàn le duì tā shuō míng tiān shì shèng dàn jié nǐ wèi shén me bù xiě yī
听见了，对他说："明天是圣诞节，你为什么不写一
fēng xìn gěi shèng dàn lǎo rén shuō shuo nǐ de yuàn wàng ne
封信给圣诞老人，说说你的愿望呢？"

zhè ge zhǔ yi zhēn shì tài miào le fú ruì dá gǎn jǐn tiào qǐ lái qù
"这个主意真是太妙了！"弗瑞达赶紧跳起来去
zhǎo le yī gēn qiān bǐ hé yī zhāng zhǐ kāi shǐ xiě xìn qīn ài de shèng dàn lǎo
找了一根铅笔和一张纸，开始写信："亲爱的圣诞老
rén wǒ zhī dào wǒ bù shì shì jiè shang zuì hǎo de māo yǒu shí wǒ pí qi bù
人：我知道我不是世界上最好的猫。有时，我脾气不
hǎo yǒu shí wǒ chī de tài duō zhè shí tā
好，有时我吃得太多……"这时他
xiǎng yě xǔ wǒ bù gāi zhǐ chū zì jǐ zhè xiē
想："也许我不该指出自己这些
quē diǎn yú shì tā
缺点。"于是，他
yòu chóng xīn kāi shǐ xiě
又重新开始写：
qīn ài de shèng dàn lǎo
"亲爱的圣诞老

人：我努力想成为一只好猫。今年圣诞节我最向往的就是能够跳舞。爱你的弗瑞达。"

他把信放进了一只长筒袜里，每年，圣诞老人都会把礼物放进长筒袜里的。第二天早晨，弗瑞达一醒来就跑去看他的长筒袜。信不见了，只有一张金光闪闪的卡片，上边写着："持此证明者可在芭蕾舞学校上一年舞蹈课。爱你的圣诞老人。"

"啊，太棒了！"弗瑞达高兴极了，一下子跳到空中，还旋转了两圈，然后以优美的姿势落到了地上。

小童话中的大启迪

在我们做一件事前，如果先想着自己有这样、那样的缺点，那这事多半做不成功，因为当你历数缺点时其实是为自己可能的失败找借口、铺退路，这样做事情怎么能全力以赴呢？所以呀，有时候我们需要些义无返顾的精神，想做什么，就大声地说出来，大胆地去实现吧！

xiǎo ǎi rén de lǐ wù
66. 小矮人的礼物

cóng qián yǒu yī ge tuó bèi de jīn jiàng tā hé yī ge cái feng jié bàn
从前，有一个驼背的金匠，他和一个裁缝结伴
chū yóu wǎn shang liǎng rén lái dào yī zuò xiǎo shān shang kàn dào yī ge xiǎo ǎi
出游。晚上，两人来到一座小山上，看到一个小矮
rén zhèng zuò zài yī duī gōu huǒ páng xiǎo ǎi rén chuān zhe yī jiàn wǔ yán liù sè
人正坐在一堆篝火旁。小矮人穿着一件五颜六色
de yī fu xiōng qián de bái hú zi yī zhí chuí dào le dì shang
的衣服，胸前的白胡子一直垂到了地上。

xiǎo ǎi rén xiàng tā men zhāo shǒu jīn jiàng dǎn zi hěn dà jiù lā zhe cái
小矮人向他们招手，金匠胆子很大，就拉着裁
feng guò qù le ǎi rén qǔ chū yī bǎ dà dāo hái méi děng tā men fǎn yìng guò
缝过去了。矮人取出一把大刀，还没等他们反应过
lái jiù bǎ liǎng rén de tóu fa hé hú zi guā le ge jīng guāng jiē zhe tā zhǐ
来，就把两人的头发和胡子刮了个精光。接着，他指
zhǐ dì shang de yī duī méi ràng tā men dài xiē méi zǒu liǎng rén zhào zuò le hòu
指地上的一堆煤，让他们带些煤走。两人照做了。后
lái cái feng hé jīn jiàng jì xù gǎn lù zhǎo
来，裁缝和金匠继续赶路，找
le ge guò yè de dì fang
了个过夜的地方。

dì èr tiān dāng tā men xǐng lái
第二天，当他们醒来
shí fā xiàn kǒu dai li de méi biàn chéng
时，发现口袋里的煤变成
de guì zhòng de jīn zi ér tā men de
的贵重的金子，而他们的
tóu fa hé hú zi yě zài yī yè jiān
头发和胡子也在一夜间

长回到原来的样子了。裁缝很满足，带着那些金子回家了。金匠却还想要更多的金子。于是到了晚上，他准备了好几个口袋，又独自跑到山上去找小矮人了。

一切都和前一晚一样，矮人刮光了他的胡子和头发，然后让他带些煤回去。可到了第二天，金匠发现满口袋的煤块不仅没有变成金子，就连前一天得到的金子也重新变成了煤块。而且，他的胸口上也隆起了一块和背上一样大小的肉块。他的头发和胡子再也没有长出来。

小童话中的大启迪

裁缝和金匠，一个过上了自己理想的生活，一个不仅什么都没有得到，还受到了惩罚。幸福的生活是需要自己去创造的，别人给你的帮助只能是一时的。要是一味地索取，不仅得不到幸福，就连最初拥有的都可能失去。贪婪的人终归是没有好下场的。

jié jià rì de shí hou xiǎo péng yǒu shì xǐ huan qù pá shān jiāo yóu hái shì dāi zài jiā li shuì lǎn
节假日的时候，小朋友是喜欢去爬山郊游，还是待在家里睡懒

jiào kàn diàn shì
觉、看电视？

xiǎo fáng zi
67. 小房子

yuán yě shang yǒu yī zuò xiǎo fáng zi tā kuài huó de zài shān pō shang kàn fēng
原野上有一座小房子，她快活地在山坡上看风

jǐng tā kàn zhe tài yáng qǐ qǐ luò luò yuè liang wān wān yuán yuán xīng xing shǎn shǎn
景。她看着太阳起起落落，月亮弯弯圆圆，星星闪闪

shuò shuò chūn xià qiū dōng bù duàn gēng tì sì jì jǐng sè dōu shì nà me měi lì
烁烁，春夏秋冬不断更替，四季景色都是那么美丽。

shí jiān yī nián yī nián de guò qù yī tiān xiǎo fáng zi páng biān kāi le yī
时间一年一年地过去。一天，小房子旁边开了一

tiáo xiǎo lù jiē zhe biàn chéng dà mǎ lù rán hòu shì gèng duō de lù gèng duō de
条小路，接着变成大马路，然后是更多的路，更多的

gèng gāo gèng dà de fáng zi měi lì de yuán yě bèi dào lù fēn gē chéng pò suì de
更高、更大的房子，美丽的原野被道路分割成破碎的

kuài kuài xiǎo fáng zi hěn bù kāi xīn yīn wèi zhōu wéi de kōng qì zhōng bù mǎn le huī
块块。小房子很不开心，因为周围的空气中布满了灰

chén hé yān wù sì jì jǐ hū fēn
尘和烟雾，四季几乎分

bù chū lái le xiǎo fáng zi wéi
不出来了。小房子唯

yī néng kàn dào de jiù shì máng
一能看到的就是忙

máng lù lù de chē hé máng máng
忙碌碌的车和忙忙

lù lù de rén tā gǎn dào fēi
碌碌的人。她感到非

cháng shāng xīn hé gū dān
常伤心和孤单。

幸好，事情不会永远那么糟糕。建造小房子的那个人的孙子的孙子的孙女发现了小房子，说："这幢小房子应该在乡下铺满雏菊的小山坡上，周围种着苹果树。"于是，她请搬家公司用起重机把小房子抬起来，给她装上轮子，慢慢地拉到了乡间，把她安放在了一个种满了苹果树的小山坡上。

现在，小房子又能看到太阳、月亮和星星了，又能看到春天、夏天、秋天和冬天来了又去了。

小童话中的大启迪

小房子回归了大自然，那么你呢？现代人越来越多地被钢筋水泥包围，渐渐已经忘记了花开的美丽，鸟鸣的清脆。可大自然的美，是任何人为的创造都无法替代的。小朋友可以试着多多亲近大自然，多多领略大自然的美，你会发现它能带给你一份难得的平静、喜悦和智慧。

xiǎo péng yǒu zuò zhí rì de shí hou yī dìng dōu hěn qín láo dàn zài jiā li shí nǐ hái shì zhè
小朋友做值日的时候一定都很勤劳，但在家里时，你还是这
me qín láo ma
么勤劳吗？

xiǎo hóng hú zhǎo gōng zuò
68. 小红狐找工作

zǎo chen xiǎo hóng hú de bà ba mā ma dōu qù shàng bān le jiā li zhǐ
早晨，小红狐的爸爸妈妈都去上班了，家里只
yǒu tā yī ge rén tè bié méi yì si tā zì yán zì yǔ de shuō mā ma
有他一个人，特别没意思。他自言自语地说："妈妈
qù gōng zuò bà ba yě qù gōng zuò yě xǔ wǒ yě yīng gāi zhǎo yī fèn gōng zuò
去工作，爸爸也去工作，也许我也应该找一份工作。"
tā lái dào yī piàn zhǎo zé dì kàn jiàn yā zi dà shěn jiù shuō yā
他来到一片沼泽地，看见鸭子大婶，就说："鸭
zi dà shěn wǒ xiǎng zhǎo gōng zuò yě xǔ wǒ kě yǐ zuò zài nǐ de dàn shang bāng
子大婶，我想找工作，也许我可以坐在你的蛋上帮
nǐ fū xiǎo yā kě shì yā zi dà shěn bù kè qi de shuō kuài zǒu kāi bù
你孵小鸭。"可是鸭子大婶不客气地说："快走开，不
rán wǒ wǎng nǐ shēn shang liāo shuǐ le
然我往你身上撩水了。"
xiǎo hóng hú zhǐ hǎo zǒu le zài xiǎo hé biān tā kàn jiàn wū guī yé ye
小红狐只好走了。在小河边，他看见乌龟爷爷
zhèng suō zài jiǎ ké wū li shuì jiào yú shì tā qiāo qiao jiǎ ké wū dǐng shuō hēi
正缩在甲壳屋里睡觉，于是他敲敲甲壳屋顶说："嘿，

wū guī yé ye wǒ zhèng zài zhǎo
乌龟爷爷，我正在找
gōng zuò rú guǒ nǐ gù wǒ gàn
工作。如果你雇我干
huó wǒ jiù huì gěi nǐ jiǎng gù
活，我就会给你讲故
shi hái shuō mí yǔ ràng nǐ cāi
事，还说谜语让你猜。"

kě shì wū guī yé ye qì fèn de tàn chū nǎo dai
可是乌龟爷爷气愤地探出脑袋

shuō   bié dǎ rǎo wǒ shuì jiào   wǒ nìng yuàn yī
说："别打扰我睡觉，我宁愿一

ge rén dāi zhe
个人呆着！"

xiǎo hóng hú zhǐ hǎo yòu zǒu kāi le
小红狐只好又走开了。

tā zhǎo le bàn tiān dōu méi zhǎo dào yī fèn
他找了半天都没找到一份

gōng zuò   zuì hòu zhǐ néng chuí tóu sàng qì de
工作，最后只能垂头丧气地

huí le jiā   zhè shí tā fā xiàn jiā li kě zhēn gòu luàn de   zhuō zi shang duī mǎn
回了家。这时他发现家里可真够乱的！桌子上堆满

le chī zǎo fàn yòng guò de   hái méi yǒu xǐ de wǎn dié   dì bǎn shang jī zhe hòu hòu
了吃早饭用过的、还没有洗的碗碟；地板上积着厚厚

de chén tǔ   chuáng shang de bèi rù yě méi dié   hē   wǒ jīn tiān kě yǐ wèi
的尘土；床上的被褥也没叠。"嗬！我今天可以为

mā ma gōng zuò   tā pū le chuáng xǐ le wǎn dié   sǎo le dì   shāo le kāi
妈妈工作！"他铺了床、洗了碗碟、扫了地、烧了开

shuǐ   tā hái zuò le yī dùn wǎn fàn ne   bǎ suǒ yǒu de pú táo dōu bāo le
水，他还做了一顿晚饭呢——把所有的葡萄都剥了

pí fàng zài wǎn li
皮放在碗里。

小童话中的大启迪

xiǎo hóng hú dào chù qù zhǎo gōng zuò   kě tā bù zhī dào   zuì shì hé de gōng zuò jiù zài tā
小红狐到处去找工作，可他不知道，最适合的工作就在他

zì jǐ de jiā li   ér qiě zhǐ yǒu xiān bǎ jiā li de gōng zuò dōu zuò hǎo le   yǐ hòu zhǎng dà le cái néng zuò hǎo
自己的家里，而且只有先把家里的工作都做好了，以后长大了才能做好

shè huì shang de shì ya   qí shí hěn duō shí hou wǒ men dōu shì zhè yàng   zǒng shì kōng huái gāo yuǎn de lǐ xiǎng ér
社会上的事呀。其实很多时候我们都是这样，总是空怀高远的理想而

kàn bu qǐ shēn biān de xiǎo shì   yǐ wéi jīng cǎi de shēng huó zǒng zài yuǎn fāng   shū bù zhī   chéng gōng
看不起身边的小事，以为精彩的生活总在远方，殊不知，成功

de jī huì jiù zài nǐ shēn shǒu kě jí de dì fang
的机会就在你伸手可及的地方。

dāng yǒu mò shēng rén xiàng nǐ dǎ ting jiā zhōng de qíng kuàng shí nǐ huì gào su tā ma
当有陌生人向你打听家中的情况时，你会告诉他吗？

xiǎo hóng mào
69.小红帽

yǒu ge xiǎo gū niang　　dài yī dǐng hǎo kàn de hóng mào zi　　rén men jiào tā
有个小姑娘，戴一顶好看的红帽子，人们叫她

xiǎo hóng mào　　yǒu yī tiān　xiǎo hóng mào qù gěi wài pó sòng hǎo chī de　zǒu
"小红帽"。有一天，小红帽去给外婆送好吃的，走

zhe zǒu zhe　pèng dào le yī zhī dà huī láng　dà huī láng wèn tā　　xiǎo hóng mào
着走着，碰到了一只大灰狼。大灰狼问她："小红帽，

nǐ zhè shì yào qù nǎr　ya　　　xiǎo hóng mào shuō　　wǒ qù wài pó jiā　　　dà
你这是要去哪儿呀？"小红帽说："我去外婆家。"大

huī láng yòu wèn　　wài pó jiā zài nǎr　ya　　xiǎo hóng mào yī wǔ yī shí de
灰狼又问："外婆家在哪儿呀？"小红帽一五一十地

huí dá shuō　　　shùn zhe zhè tiáo lù zǒu　yǒu yī kē dà xiàng shù　shù xià yǒu zuò
回答说："顺着这条路走，有一棵大橡树，树下有座

xiǎo fáng zi　nà lǐ jiù shì le　　dà huī láng tīng le　chāo
小房子，那里就是了。"大灰狼听了，抄

jìn lù gǎn dào wài pó jiā　　yī kǒu bǎ wài pó tūn
近路赶到外婆家，一口把外婆吞

le xià qù　　rán hòu　tā chuān shàng wài pó de yī
了下去。然后，他穿上外婆的衣

fu　　dài shàng wài pó de mào zi　tǎng zài chuángshang
服，戴上外婆的帽子，躺在床上

děng xiǎo hóng mào lái
等小红帽来。

xiǎo hóng mào dào le wài pó jiā　　fā xiàn chuáng
　　小红帽到了外婆家，发现床

shang de wài pó biàn de hǎo kě pà　　ěr duo dà dà
上的外婆变得好可怕。耳朵大大

de　yǎn jing dà dà de　　zuǐ ba dà dà de　hái
的，眼睛大大的，嘴巴大大的，还

没等她反应过来是怎么回事，就被大灰狼一口吞进了肚子。

大灰狼吃饱后，就躺在床上睡起觉来。他的呼噜声好大呀，把住在附近的猎人都引来了。猎人看到狼的肚子圆鼓鼓的，猜想他可能是把老太太吞下去了，就拿来剪刀，把狼的肚皮剪开，刚剪几下，一个戴红帽子的小姑娘就跳了出来，接着，外婆也出来了。她们竟然一点也没受伤。

后来，他们在大灰狼的肚子里装满石头，把大灰狼压死了。

小童话中的大启迪

小红帽对邪恶的大灰狼一点戒心都没有，差点害得外婆和自己丧命。小朋友年纪还小，对坏人没有足够的鉴别能力，面对陌生人时，一定要小心谨慎，尽量不要理睬他们，以防上当受骗。只有学会保护自己，我们才能顺利成长。

xiǎo péng yǒu yǒu méi yǒu yī xiē hěn yǒu jì niàn yì yì de wù pǐn　　kàn dào tā men jiù huì xiǎng qǐ
小朋友有没有一些很有纪念意义的物品，看到它们就会想起
yī ge péng you　　yī duàn gù shi
一个朋友、一段故事？

xiǎo hú li de de chuāng hu
70. 小狐狸的的窗户

wǒ mí lù le　　　yǎn qián shì yī piàn lán sè jié gěng huā de huā tián　　yī
我迷路了，眼前是一片蓝色桔梗花的花田。一
zhī bái sè de hú li zài wǒ miàn qián pǎo guò　　kě hū rán jiān bù jiàn le
只白色的狐狸在我面前跑过，可忽然间不见了。

shēn hòu chuán lái zhāo hu shēng　　yī ge xiǎo diàn yuán zhàn zài yī jiā guà zhe
身后传来招呼声，一个小店员站在一家挂着
yìn rǎn　　jié gěng　　zhāo pai de diàn pù mén kǒu　　wǒ yī kàn jiù míng bai　　tā
"印染·桔梗"招牌的店铺门口，我一看就明白，他
jiù shì nà tóu xiǎo bái hú li biàn de
就是那头小白狐狸变的。

wǒ gěi nín rǎn ran shǒu zhǐ tou ba　　　　hú li shuō zhe　　yòng sì gēn rǎn
"我给您染染手指头吧？"狐狸说着，用四根染
lán de shǒu zhǐ zǔ chéng le yī ge líng xíng de chuāng hu　　rán hòu jià dào wǒ yǎn qián
蓝的手指组成了一个菱形的窗户，然后架到我眼前，
shuō　　nín wǎng lǐ chǒu chou ba　　　zài xiǎo chuāng hu li
说，"您往里瞅瞅吧。"在小窗户里，
néng kàn dào yī tóu měi lì de bái hú li
能看到一头美丽的白狐狸。
zhè shì wǒ de mā ma
"这是我的妈妈。"
xiǎo hú li shuō　　hěn zǎo yǐ
小狐狸说，"很早以
qián　　　　　bù zài le　　hòu
前……不在了。后
lái　　yě shì zhè yàng de qiū
来，也是这样的秋

天的日子，风刷刷地吹着，桔梗花齐声喊道：'染染你的手指头吧，再组成 窗户吧！'从此我再也不寂寞了，因为从 窗户里，我什么时候都能看得见妈妈。"

我也染了手指。在窗户里我看见了我怀恋的院子，里面还扔着被雨淋湿的小孩的长靴，妈妈开始捡起它。屋里点着灯，传出两个孩子的笑声，一个是我的，一个是死去的妹妹的声音。我放下手，心里满是悲凉。那院子早就被火烧掉了。我想，我要永远珍惜这手指头。可我回家干的第一件事，就是洗了手。所以，一切都完了。

小童话中的大启迪

这篇小故事读来真是让人伤感啊！生命中每一个瞬间都是属于当下的，它们与时间一同流逝，无法重复，不能保留，只能在记忆中珍藏，却触摸不到。越是美好的过往，想来越是悲哀——不要仅仅是悲哀吧，既然知道它们注定流逝，那就在拥有的时候好好拥有，人生将会少一些遗憾和悔痛。

shì bù shì bié rén yǒu le wán jù fēi jī　nǐ yě yào yǒu　bié rén yǒu le wán jù huǒ chē　nǐ
是不是别人有了玩具飞机，你也要有；别人有了玩具火车，你

yě yào yǒu
也要有？

xiǎo jiě de fáng jiān
71. 小姐的房间

yǒu yī wèi xiǎo jiě zhù zài yī jiān xuě bái de fáng jiān li　lǐ miàn yī qiè
有一位小姐住在一间雪白的房间里。里面一切

dōng xi dōu shì bái sè de　xiǎo jiě yǐ wéi zhè shì shì jiè shang zuì piào liang de
东西都是白色的。小姐以为这是世界上最漂亮的

fáng jiān　yī tiān dào wǎn gǎn dào fēi cháng xìng fú
房间，一天到晚感到非常幸福。

kě shì yǒu yī tiān　dāng tā wén dào huā yuán li de huā xiāng shí　tā shēn
可是有一天，当她闻到花园里的花香时，她深

shēn tàn le yī kǒu qì　zěn me lā　xiǎo jiě　zuò zài chuāng tái shang de xiǎo
深叹了一口气。"怎么啦，小姐？"坐在窗台上的小

xiān nǚ wèn tā　xiǎo jiě shuō　wǒ tǎo yàn nà jiān jìn shì
仙女问她。小姐说："我讨厌那间尽是

bái sè de fáng jiān　yào shì wǒ yǒu
白色的房间！要是我有

yī jiān fěn hóng sè de fáng jiān jiù hǎo
一间粉红色的房间就好

le　xiān nǚ tiào dào chuáng shang
了。"仙女跳到床上，

yòng tā de xiǎo jiǎo wǎng qiáng shang tī
用她的小脚往墙上踢

le tī　yī zhǎ yǎn gōng fu　bái
了踢。一眨眼工夫，白

fáng jiān biàn chéng le fěn hóng sè de
房间变成了粉红色的

fáng jiān　xiǎo jiě gāo xìng de xiào le
房间。小姐高兴地笑了。

过不了多久，当小姐看见花园里飘舞的树叶时，她又对仙女说："上次我向你要一间粉红色的房间，是一个错误！其实我想要的是一间金黄色的房间。"仙女又照办了。

一天晚上，小姐仰望星空时，对仙女说："要是我能有一间黑房间，那我就一辈子不要别的房间了！""小姐，你根本不知道你要什么！"仙女说着跳到床上，用她的两只小脚蹬了蹬。墙壁翻倒了，天花顶掉下来，地板陷了下去，什么房间都没有了。

小童话中的大启迪

我们不断地追寻，又不断地失落，永远没有满足，也永远体会不到幸福。人生有限，不可能经历一切，也不可能拥有一切。问问你的心，你最想要的是什么？如果是爱情，就不要为拥有了爱情而失去了财富伤心；如果是财富，就不要为得到了财富而付出了青春失落。否则，可能一切都会失去。

dāng nǐ yīn shēng bìng qǐng jià zài jiā de shí hou xīn li shì jué de gāo xìng hái shì wèi là xià le
当你因生病请假在家的时候，心里是觉得高兴还是为落下了
gōng kè ér dān xīn
功课而担心？

xiǎo nǚ hái hé sǐ shén
72. 小女孩和死神

yī ge xiǎo nǚ hái zhèng zài zhuān xīn zuò gōng kè zhè shí hou sǐ shén lái
一个小女孩正在专心做功课。这时候，死神来
le yào dài zǒu xiǎo nǚ hái xiǎo nǚ hái shuō yào xiān xiě wán zuò yè yú shì tā
了，要带走小女孩。小女孩说要先写完作业，于是她
qǐng sǐ shén zuò xià zì jǐ jì xù yòng gōng guò le yī huìr tā wèn sǐ
请死神坐下，自己继续用功。过了一会儿，她问死
shén děng yú jǐ zhè ge wǒ zǒng shì wàng sǐ shén gào su tā
神："6×7等于几？这个我总是忘。""42。"死神告诉她。
duì xiǎo nǚ hái shuō nà ne zhè ge wǒ men hái méi xué ne
"对。"小女孩说，"那9×8呢？这个我们还没学呢。"
sǐ shén xiǎng a xiǎng kě tā shí zài shì tài lǎo le yǐ jīng xiǎng bù qǐ děng
死神想啊想，可他实在是太老了，已经想不起9×8等
yú jǐ le
于几了。

xiǎo nǚ hái kàn zhe sǐ shén
小女孩看着死神，
shuō nǐ yǐ qián suàn shù yī
说："你以前算术一
dìng fēi cháng bàng nǐ wàng
定非常棒。9×8你忘
jì le zhēn kě xī shì a
记了，真可惜。""是啊，
zhēn bù hǎo yì si sǐ shén
真不好意思。"死神
shuō xiǎo nǚ hái mǎ shàng ān wèi
说。小女孩马上安慰

他说：“不过你肯定只忘了这一道题。等我明天去问问老师，把答案告诉你，这样你又是非常棒的了。”“你真是个好孩子。”死神说着站起身，“那我先走了，明天你可真的要跟我走啊。”

第二天的同一时间，死神又来了。小女孩告诉他，9×8等于72。女孩接着说：“老师又留了新的作业，我们走之前，我得把它们写完。如果你愿意帮我，我们很快就会完成的。”死神只好又帮助她来做功课，当然，他们又遇到了难题，连死神也解不出的难题……

小童话中的大启迪

如果小女孩每天都坚持着要先把作业做完，那死神就永远没法把她带走了。即使她长大了，离开学校了，生活中也一定会有这样或那样的事令她牵挂着，令死神无能为力。所以，如果你热爱生活，生活是不会抛弃你的。对于心怀理想、有坚定信念的人，没有谁、没有任何困难能阻碍他们获得成功。

想想看，你为什么会和你的好朋友交往？是因为他会给你带好吃的，是因为他能帮你做作业，还是因为别的什么？

73. 小 商 人
xiǎo shāng rén

从前有个叫丁姆的小裁缝，他有好多好多的扣子。当然作为一个裁缝，他还有很多线和针。

有一天，他的朋友波尔诃来找他："丁姆，你能卖些扣子给我吗？""我不卖，"丁姆说，"我只是送给朋友。"于是他送了各种各样的扣子给波尔诃。波尔诃跑到市场上，摆起一个摊子，写了一个招牌：卖扣子。

当比诺看见波尔诃卖扣子时，他也去找丁姆，问："你能卖点线给我吗，丁姆？""我不卖，"丁姆说，"我只是送给朋友。"于是他给了

比诺很多种颜色的线。不久人们在市场上就看到另一个招牌：卖线。

当布列达看到这情形的时候，他也来问丁姆："你能卖给我一些针吗？"丁姆也说："我不卖。我只是把它们送给我的朋友。"这样布列达跑到市场上去，也挂起一个招牌：卖针。

不久，扣子、针、线都卖完了。于是，他们又跑到丁姆那儿去要求："请再给我一些扣子！""给我线！""给我针！""这些东西我只给我的朋友，你们曾经是我的朋友，"丁姆悲哀地说，"但现在你们只是小商人了！"

小童话中的大启迪

朋友是交心的，而不是来利用的。当朋友真诚待你的时候，你能够回报的唯有同样的真诚。如果你想利用朋友的友谊为自己谋利，那你就会失去这份可贵的感情，你失去的会比你谋得的多得多。

dāng nǐ shēng bìng de shí hou　shì yī ge jìn de kū nào　hái shì jìn lì wēi xiào　hǎo ràng mā ma

当你生病的时候，是一个劲地哭闹，还是尽力微笑，好让妈妈

bù yào dān xīn

不要担心？

xiǎo shòu yī

74. 小寿衣

cóng qián yǒu yī wèi mǔ qīn　tā yǒu yī ge qī suì de hái zi　zhè hái

从前有一位母亲，她有一个七岁的孩子。这孩

zi zhǎng de fēi cháng piào liang　zhēn shì rén jiàn rén ài　tā yě ài tā shèng guò shì

子长得非常漂亮，真是人见人爱，她也爱他胜过世

shang de yī qiè　kě shì yǒu yī tiān　hái zi tū rán bìng le　ér qiě bìng de

上的一切。可是有一天，孩子突然病了，而且病得

hěn zhòng　hòu lái bìng sǐ le　mǔ qīn bēi tòng yù jué　rì rì yè yè kū qì

很重，后来病死了。母亲悲痛欲绝，日日夜夜哭泣

bù zhǐ

不止。

hái zi xià zàng le　kě shì zài bù jiǔ zhī hòu de yī ge yè li　tā

孩子下葬了。可是在不久之后的一个夜里，他

yòu chū xiàn zài shēng qián zuò guò hé wán shuǎ guò de dì fang　péi

又出现在生前坐过和玩耍过的地方，陪

zhe mǔ qīn yī tóng kū qì　dào le zǎo chen　tā yòu xiāo shī le

着母亲一同哭泣。到了早晨，他又消失了。

mǔ qīn shì nà me bēi shāng zǒng

母亲是那么悲伤，总

shì bù néng tíng zhǐ kū qì　yī tiān

是不能停止哭泣。一天

yè li　hái zi chuān zhe tā rù zàng shí

夜里，孩子穿着他入葬时

chuānzhe de bái sè xiǎo shòu yī

穿着的白色小寿衣，

tóu shang dài zhe yī dǐng huā huán

头上戴着一顶花环

来了。他爬上床，坐在母亲脚旁说："噢，妈妈，不要再哭了，否则我在墓中无法入睡，因为您的眼泪都落在了我的小寿衣上，它干不了。"母亲听了大吃一惊，就不再哭了。接着，第二天晚上，孩子又来了。他手里举着一盏小灯，对母亲说："瞧，我的寿衣快干啦，我可以在墓中休息了。"

从此，母亲把她的痛苦托付给上帝，自己默默地承受了心中的创伤。而那个孩子睡在地下的小床上，不再来了。

小童话中的大启迪

为了孩子，这个伤心的母亲不再哭泣了。在这个世界上，我们并不是孤独的一个人，有很多人关心着、爱着我们，当我们哭泣的时候，他们也会跟着难过，有时可能会比我们更伤心。所以，在面对伤痛的时候，请勇敢一些、坚强一些吧，这是在安慰那些爱你的、也是你爱的人啊。

图书在版编目（CIP）数据

让孩子受益终生的小童话中的大启迪／龚勋主编.
—汕头：汕头大学出版社，2012.1（2021.6重印）
ISBN 978-7-5658-0436-6

Ⅰ.①让… Ⅱ.①龚… Ⅲ.①童话—作品集—世界
Ⅳ.①I18

中国版本图书馆CIP数据核字（2012）第003477号

让孩子受益终生的小童话中的大启迪

RANG HAIZI SHOUYI ZHONGSHENG DE XIAO TONGHUA ZHONG DE DA QIDI

总 策 划	邢 涛	印 刷	唐山楠萍印务有限公司	
主 编	龚 勋	开 本	705mm×960mm 1/16	
责任编辑	胡开祥	印 张	10	
责任技编	黄东生	字 数	150千字	
出版发行	汕头大学出版社	版 次	2012年1月第1版	
	广东省汕头市大学路243号	印 次	2021年6月第8次印刷	
	汕头大学校园内	定 价	37.00元	
邮政编码	515063	书 号	ISBN 978-7-5658-0436-6	
电 话	0754-82904613			